4 historias y una extraña realidad

Por Oscar J. González

4 historias y una extraña realidad

Por Oscar J. González

- No le busques 3 pies al gato.
- La coreografía de la ciudad.
- Abdul el loco.
- La entrevista.
- Grandes hasta el final.

A mi madre que me enseño a amar la lectura,

A Teresa, mi persona favorita,

A Juan Lus, mi maestro.

Cuatro historias que buscan entrar rápidamente en una situación, época y lugar, narrar una situación cotidiana, que por alguna razón, deja de serlo.

Sin embargo, la extraña realidad, es algo que no sale de mi imaginación, fueron hechos reales que sucedieron no hace mucho en mi familia y me surgió la necesidad de escribir sobre ello, ya que tuve la imperiosa necesidad de que se debería conocer un final triste, pero hermoso.

HISTORIA I: NO LE BUSQUES TRES PIES AL GATO.

Era un gato diferente, había venido al mundo fruto de una relación prohibida entre una preciosa gata de Angora, que vivía en su jaula de oro de parte alta de la ciudad, en impresionante mansión de la familia Osborne Sanjacinto, y su padre fue un gato callejero, que consiguió adentrarse en el caserón y seducir a Luna, que así se llamaba su madre.

Luna, era la perfecta imagen de un felino de anuncio, blanca, con los ojos azules y un brillante pelo largo y sedoso. Mientras que su padre, era un aventurero gato pardo, como cualquiera de esos gatos que sobreviven entre cubos de basura en la parte baja de la ciudad.

El flechazo fue instantáneo, Luna cedió ante su instinto y la audacia de aquel gato pardo que se atrevía a pasearse por su jardín, pese a la presencia de un mastín de los pirineos, llamado Zafiro, que era incapaz de acceder a la altura donde aquel gato descarado se exhibía desafiante, ante los ojos de Luna.

Y paso lo inevitable, unos meses después, una camada de gatitos llegaba a la mansión de los Osborne Sanjacinto. Seis preciosos gatos de largo pelaje y color blanco como su madre, y un extraño mestizo, de pelo largo y colores pardos que sobresalía por vulgar ante el resto de la inmaculada camada.

El hijo primogénito de la familia Osborne Sanjacinto, el señorito Don Roberto, se asomo ante la cama de Luna y sus cachorritos, sus ojos de 7 años, como no podía ser de otra manera, se posaron sobre la mancha parda, en el mar de sedosos cabellos blancos, y cogió torpemente a nuestro gatito pardo.

—"Madre, me gusta este gatito para mi…" –

—Roberto, hijo mío, este gato no es puro, no está a la altura de nuestra familia, tendremos que regalarlo…

— Pero mama, a mi me gusta este. Se mueve más y es más grande…

— Roberto, no es posible, ese gato es un gato común, como la gente común, y debemos buscarle una casa más apropiada.

— ¿gente común? ¿Como el señor que trae la comida o el que limpia los cristales?

—Si, hijo gente común, como el tendero o el cartero…

— Entonces le llamare como al tendero, señor Gómez.

— Bueno hijo, pero no te encariñes con él, porque se irá pronto…

Aquella conversación precipito el futuro de nuestro protagonista, la Señora de Osborne Sanjacinto, busco casi de inmediato una salida del gato Gómez del caserón familiar, para que el señorito Don Roberto no se encariñara con aquel extraño felino pardo de pelo largo. Sus hermanos eran casi clavados a Luna, salvo por los ojos azules que solo los había heredado Gómez, y cuanto antes desapareciera, antes quitarían la prueba viviente de la procedencia de aquella camada bastarda.

La papeleta recayó sobre el secretario personal del Señor Osborne, que recibió el regalo con una gran sonrisa cuando la Señora le entrego el gatito.

—Me hace usted un gran honor, recibir uno de los hijos de su querida gatita Luna, de seguro que será feliz con mi familia.

—No sea usted tan zalamero señor Peláez. El gato se llama Gómez por expreso deseo del señorito Roberto, espero que se asegure que tenga una vida aceptable y no lo vuelva a traer por aquí.

El señor Peláez, después de terminar de despachar con el señor Osborne, abandono la mansión con dirección a la oficina en el centro. Tenía un problema en la cabeza…

¿Qué diablos hago con este estúpido gato, sin defraudar a la mujer del jefe? Porque esa metomentodo, de seguro que día si y día también, me preguntara por cómo está el jodido Pérez, o López, o como coño le haya puesto el señorito al gato...

Además, seguro que nada más entrar por casa, mi mujer me la lía... que si soy un blando, que si en vez de gatitos porque lo le llevo el puñetero aumento de sueldo... lo que no daría por no escucharla, llegar a casa como un día normal, y desconectar viendo la tele...

Sin darse cuenta, llego a la oficina, aparco, y salió directamente al portal, saludo al portero, y subió por el ascensor, y mientras esperaba llegar a la 3ª planta se acordó que el gato estaba en la bolsa dentro del coche donde lo dejo…

—Maldito gato— exclamo en voz alta, mientras pulsaba el botón de bajada.

Volvió a saludar al portero, volvió al coche, cogió la bolsa con Gómez dentro, volvió al portal, ya no saludo mas al portero y subió de nuevo por el ascensor.

Una vez en el tercer piso, abandono el ascensor y se dirigió directamente a la puerta de la oficina. Eran las ocho y media de la tarde y no esperaba a nadie dentro, por lo que abrió con su llave. Tenía que recoger unos documentos para llevar al banco a primera hora, y archivar otros documentos firmados por el señor Osborne.

En la sala principal de la oficina, había luz todavía, se asomo y vio a su subordinado García. Y entonces lo vio claro…

—Hombre García, usted por aquí…

—Buenas tardes Sr. Peláez, como está usted.

—Muy bien, García, me alegra ver que sigue siendo usted un empleado abnegado, como le he dicho siempre, si su dedicación no flaquea, nunca tendrá un problema en esta empresa, ¿Cuántos años lleva con nosotros García?

—Alrededor de 25 años Señor Peláez.

—Creo que esos 25 años merecen un reconocimiento García, y esta misma tarde se lo comente al señor Osborne, ¿y sabe que me contesto?...

—Lo ignoro señor Peláez— Con cara de interés.

—Pues ha tenido la gran idea de hacerle un presente muy especial, el señor Osborne ha tenido a bien obsequiarle con algo que para él es más importante que lo material, ha decidido regalarle una pequeña parte de su familia, le han obsequiado con un Gato.

—Peroooo…— Intento replicar García.

—Pero no es un gato cualquiera, es hijo de su gata favorita, que tiene un pedigree de primerísima categoría, es hijo de una campeona dentro del mundo gatuno. No sabe cómo le envidio…

Y en ese momento Peláez saco a Gómez de la bolsa… y miro adormilado a García…

García era una persona muy tranquila, tenía una vida sosegada, cumplía fielmente con su trabajo, y apenas tenía ninguna vida social, para él, un gato era algo para lo que no estaba preparado, simplemente, no había espacio en su vacía vida para encajar a aquella bola de pelo. ¿Qué sabía él de gatos? ¿Para que servía un gato? Además, era tan pequeño, y parecía cualquier cosa menos un gato campeón de nada, tenía que evitar que le adjudicaran a aquel compromiso, sin molestar a Peláez y sin ofender al Sr Osborne….

—Pero Sr. Peláez, con todos mis respetos, me es imposible que me lleve este magnífico presente, porque…

—Señor García, tiene usted una hoja de servicios intachable, y no veo ninguna razón para que usted le haga ese feo a nuestro estimado Sr Osborne y su familia.

—Vera usted, es una cuestión de fuerza mayor, resulta que mi querida madre es alérgica a los gatos y como usted sabe, todos los domingos paso el día con mi madre y claro…

—Pero señor García, ¿es usted quien visita a su madre o acaso, hace que su anciana progenitora se tenga que desplazar a su pequeño piso?

—Soy yo quien la visita pero…

—Entonces todo arreglado, los domingos deja usted a nuestro campeón felino en su piso, mientras que visita a su madre y todos contentos.

—Pero mire…

—No se hable más, mañana le comunicare al Señor Osborne su alegría por tan magnífico regalo, y su ilusión por cuidarlo con esmero mientras viva.

Pero Eusebio García, reunió el valor suficiente para insistir en la imposibilidad de hacerse cargo de un gato.

—Señor Peláez, permítame insistir en que no veo como puede un gato encajar en mi vida…

—Vera usted, señor García, le conozco desde hace 25 años y créame si le aseguro que lo mejor que puede usted introducir en su vida es una mascota, usted vive demasiado solo desde que lo dejo con aquella novia, que dicho sea de paso, no le convenía. Ya no tiene usted edad de formar una familia, y un gato, si se le cría de cachorro como a este, hacen mucha compañía. Hágame caso García, es lo mejor para su futuro, ya nunca volverá a estar solo.

—Bueno, visto desde este punto de vista… balbuceo García.

—Además, a nadie se le escapa que esté presente, es muy personal, y en la oficina puede haber cambios. Si usted cuida bien de este gato, el señor Osborne le preguntara por su estado y quién sabe si más adelante le encarga asuntos más importantes…

—Hombre, siendo así…

—Pues claro García, o va a seguir siendo un chupatintas toda su vida, este gato es un primer paso en su futuro. Además, tengo entendido que es un gato de Angola, y parece ser que los gatos de este país, tiene un valor monetario interesante, a lo mejor cuando sea adulto, le hace ganar dineros extras…

—Nada más lejos de mi intención de defraudarle a usted o al señor Osborne.

—Pues listo, García, quédese con el gato, el mismo señorito Roberto le ha puesto el nombre de Gómez, para ahorrarle a usted la molestia de tener que decidirlo. Aquí le dejo estos papeles para su archivo, debo de irme ya, por que mañana tengo que ir al banco a primera hora…

El señor Peláez, entro en el ascensor, y pensó en lo inteligente que había sido, problema solucionado. Le diría a la señora de Osborne Sanjacinto, que mi mujer es alérgica a los gatos, y que tuve la idea piadosa, regalarle aquel precioso felino al solitario García, para que le hiciera compañía.

Eusebio García era un hombre metódico, no dejaba nada al azar, y ya que había adquirido la responsabilidad ante sus superiores de afrontar la tarea de cuidar aquel pequeño mamífero, lo haría bien. Decidió salir rápidamente de la oficina para ver si era capaz de llegar a pajarería de la esquina. Era muy consciente de que tenía una ignorancia absoluta de cómo cuidar a una mascota, y tenía la sana intención de hacer un gran trabajo, su futuro en la empresa dependía de ello.

Era la primera vez que entraba en la pajarería, y decidió ir directo al grano, porque el dependiente estaba recogiendo para cerrar. De mala manera, aquel dependiente, se río en su cara cuando pregunto cómo se cuidaban los gatos que venían de Angola.

—Este gato, lo más lejos que puede venir es de alguna caja de pescado del puerto…

—Señor mío, este gato viene de donde mis superiores digan, y si es tan amable de decirme que come y bebe un gato, podre abandonar su establecimiento con prontitud.

García salió de la pajarería con dos bolsas de comida, un cuenco, una bolsa de arena y un juguete emplumado. Estaba dispuesto a afrontar su nueva misión, tanto si Gómez era un campeón, como si fuera un vagabundo.

Pasados 2 años, Gómez creció en el pisito del señor García, era pequeño, pero acogedor. El señor García era muy bueno con él, le daba de comer, de beber y juntos se hacían compañía. Todos los domingos, el Señor García, le dejaba encerrado en casa, y él se aburría soberanamente en aquel piso, pero por la tarde volvía y salían al patio del edificio para que Gómez jugara. Esos ratos le encantaban.

Era un gato feliz. Había crecido acicalado por el señor García. Al principio, el Señor García apenas le hacía caso, se limitaba a que no le faltara, comida, agua o arena, y se enfadaba mucho con él, cuando hacia sus cosas fuera de la arena, arañaba el sillón, o rompía algún calcetín. Pero según fue creciendo, ambos aprendieron a darse mutua compañía. Se forjo una bonita dependencia mutua, un intercambio de cuidados por compañía.

Un día, el señor García empezó a empaquetarlo todo, algo pasaba. Estaba especialmente distante, triste. Gómez no se esperaba el cambio que se les avecinaba.

A los ojos del señor García, su gato había pasado de ser una obligación más de su profesión, a convertirse, contra todo pronóstico en lo que le profetizo aquel día el señor Peláez, Gómez se convirtió en su mejor compañía.

De alguna manera, Gómez llenaba el vacio en su casa, el vacio en su vida. Aquella bola de pelos, se había convertido en un gato listo y bonito. Parecía un gato pardo callejero pero con un pelo muy largo, limpio y sedoso, y unos llamativos ojos azules. Era muy inteligente, aprendió muy rápido a hacer sus cosas en la arena, a entender las indicaciones de su amo, si que se hubiera producido un proceso de adiestramiento.

Para el señor García, el llegar a su casa y acariciar a Gómez era la mejor forma de terminar una jornada, y llevarle al patio del edificio para que jugara, le hacía casi tan feliz como a su mascota. La convivencia era muy satisfactoria con aquel gato, y aunque nadie le pregunto nunca en la oficina por él, y nada cambio ni en su puesto ni en su sueldo, estaba muy contento con Gómez.

Tras la muerte de la madre de Eusebio García, se vio obligado a tomar la determinación de dejar su pisito, y trasladarse a la casa donde se crió, una bonita casa de dos plantas en una zona residencial no muy lejos del centro. Básicamente, esta nueva dirección le permitía llegar a la oficina en tan solo 10 min, y por ende, llegaría como 20 minutos antes a la casa.

El cambio de casa fue una bendición para Gómez, la casa estaba rodeada por un bonito patio, y tras una valla de unos dos metros, se extendía un mar de casas similares, con jardines, arboles, pájaros, y otras mascotas y mil cosas nuevas, fascinantes.

La primera vez que escalo la valla, el señor García lo paso francamente mal, veía a Gómez como un cachorro y temía lo peor, un perro rabioso, un coche, un niño con escopetilla, todas estas ideas se agolpaban en su mente y le atormentaba.

A las 2 de la mañana, Gómez, azuzado por el hambre, decidió dar por acabada su primera aventura extramuros. García le estaba esperando en vela, al principio se alegro mucho de verle, pero luego el tono cambio, reproches y puerta cerrada fue lo que recibió el gato escapista.

Al día siguiente, Gómez se quedo encerrado, y por primera vez en su vida, Eusebio García no se podía concentrar en su trabajo, le obsesionaba la idea de que Gómez pudiera sufrir algún percance, o contraer alguna enfermedad felina. No podía soportar ni la preocupación por una nueva escapada, ni tampoco soportaba el tenerlo encerrado sin poder disfrutar del patio de la casa.

Sin que su jefe, ni sus compañeros de trabajo, siquiera sospecharan, entro en internet, e investigo como podía hacer unas vallas a prueba de gatos con ansias de aventura, y encontró una solución...

Se trataba de añadir a la parte superior de la valla, una terminación hacia dentro de la valla con un ángulo de 45º, un apéndice de madera de unos 60 cm. Esto convertiría la valla de su casa en un recinto a prueba de fugas.

Era también la primera vez que solicitaba unas vacaciones fuera de los 10 días obligatorios del mes de agosto. Peláez no pudo negarse, le debían tantas vacaciones que por una semana no pasaría nada, además el muy pardillo las iba a dedicar a hacer no se que para aquel gato que le encasqueto 2 años atrás.

García se dirigió a un almacén de maderas, con instrucciones muy precisas de los maderos y tabones que necesitaba. Se dedico en cuerpo y alma a montar aquel apéndice anti escapes. Mientras, Gómez, contemplaba desde la ventana, atónito, no entendía aquel trajín de sierra y martillo, ni el por qué de su encierro.

Y aquella obra faraónica llego a su fin, y Gómez fue liberado de su cautiverio. El reencuentro con la libertad del patio, fue recibido con alegría por Gómez. Recorrió el patio, jugando y brincando, y celebro frente a su amo, su retomada libertad. Los genes de su madre Luna, sin embargo, no pudieron contener las ansias de libertad de los impulsos de vagabundo, heredados de su padre. No tardo una hora, cuando ya intento hacer su primera escalada del muro, pero, cuando llegaba a la parte superior, el nuevo apéndice le obligaba a volver a tierra.

No podía franquear la valla. El regocijo de García era inmenso, había sido mucho trabajo y esfuerzo, pero mereció la pena, Gómez no podía escapar. Estaba Feliz.

Pero apenas 15 días más tarde, García estaba desesperado, eran casi las 4 de la mañana y ni rastro de Gómez. Se escucho un frenazo a lo lejos, y no pudo evitar pensar que era producido por el atropello de su compañero en la soledad. Finalmente, Gómez apareció por encima de la valla, regreso a su hogar y se dispuso a comer un poco del pienso que quedaba frente a la puerta de la cocina.

Los tiempos de encierro volvieron, pero súbitamente, García, un día, sin cambio apreciable en el patio, le devolvió sus derechos de acceso al patio.

De nuevo se estableció la lucha de sangre en el interior de Gómez, y como no podía ser de otra manera, al final, el ansia de libertad de su sangre callejera se impuso. Pero esta vez, Gómez, tuvo la precaución de esperar a que García estuviera profundamente dormido, en su siesta dominical, para subirse sobre la mesa del patio, para de allí, saltar a la canaleta que le daba paso franco a la terraza de arriba.

Como en anteriores ocasiones, se subió a la barandilla. Después de dos caídas aprendió que simplemente saltar no era suficiente, necesitaba el impulso extra de una carrerita sobre la barandilla de la terraza, para tener la inercia suficiente que le permitiera acceder a lo alto del muro exterior. Pese a la correa que García le había colocado esa mañana, consiguió su ansiada libertad.

Comenzó su escapada paseando sobre los muros de sus vecinos, hasta llegar al patio de un impertinente pastor belga, que se desasía en ladridos cada vez que le veía. Le gustaba ver como se enrabietaba al comprobar que era incapaz de llegar a lo alto del muro. Era demasiado temprano para ir en busca de una gatita color canela que vivía a 300 metros de su casa, por lo que decidió visitar el parque de los arboles. Allí pudo contemplar cómo un par de gorriones machos, peleaban ferozmente por un mendrugo de pan. Su instinto felino, le hizo acechar en silencio aquella curiosa pelea de pájaros. Mientras Gómez se acercaba sigilosamente, los gorriones seguían enfrascados en su disputa, ajenos a lo que se les venía encima. Sin entender muy bien porque, Gómez se sorprendió a si mismo saltando sobre el gorrión que ganaba la pelea. Y sin saber muy bien porque, lo atrapo con suma facilidad.

No sabía muy bien porque, pero aquella captura le satisfacía muchísimo, y ahora no sabía muy bien qué hacer con aquel pájaro moribundo, por lo que decidió buscar un lugar recóndito para jugar con su trofeo, su instinto así se lo imponía. Y se dirigió a una de las casas más recónditas de la zona, se subió a la terraza de la primera planta, porque allí, nadie le importunaría.

El pobre gorrión estaba más muerto que vivo, y pese a que Gómez lo dejaba libre, lo tenía energías para volver a hacer un intento de escapada, cuando un brillo llamo la atención dentro de la casa donde se encontraba. Contemplo como una mujer, empuñaba hacia abajo un enorme cuchillo de carne. La mujer estaba ataviada por unos plásticos que le cubrían las ropas y se acercaba hacia la cama que presidia la estancia. Súbitamente, descargo el cuchillo sobre el pecho de un hombre que dormía sobre la cama.

El hombre trato de incorporarse, pero el enorme cuchillo se lo impedía, solo le permitió hacer varios espasmos.

Gómez se sobresalto ante el súbito movimiento del apuñalamiento, dejo libre al gorrión y se incorporo y Salió corriendo, antes de que la mujer detectara más presencia que su cola huyendo.

Deambulo un buen rato por los muros de las casas de alrededor de su gatita canela, sin éxito, no pareció, por lo que decidió tomar una siesta sobre un árbol, tras la cual, tenía hambre, ya había anochecido y decidió encaminarse de vuelta para casa, pensando en el pienso con sabor a salmón que García compraba últimamente y que le encantaba.

Ya había anochecido cuando franqueo el muro que le daba acceso al partió de su casa. García estaba despierto y le sonrió con satisfacción, le hizo entrar en la cocina y le quito el collar.

García le aflojo la cinta alrededor del cuerpo de Gómez y dijo en voz alta.

—Por fin voy a conocer tu secreto bribón, voy a conocer cómo eres capaz de superar mi muro anti fugas.

Y sonrió mientras sacaba de la carcasa trasparente, la cámara de aquellas que llamaban Sport Cam, que había comprado expresamente para conocer el secreto de su compañero Gómez, que le permitía burlar su trampa contra felinos escapistas.

Conecto la cámara a su ordenador, y tras la configuración, pudo ejecutar el video grabado.

Lo primero que pudo ver fue a sí mismo, poniendo a grabar la cámara, acto seguido, desde la espalda de Gómez, pudo ver su patio a vista de gato. Gómez recorría el patio completo, una vuelta de reconocimiento por si había novedades en sus dominios. Se entretuvo con una bolsa de plástico que trajo el viento. García decidió ir al grano. Hizo avanzar a cámara rápida la escena, pudo ver a toda velocidad como Gómez le contemplaba mientras echaba la siesta y vio como después se encaminaba después al patio.

García, volvió el video a la velocidad normal de reproducción y desde la visión detrás de la nuca de Gómez, García contemplo, los pasos medidos meditados de su compañero gatuno, que le encaminaban, primero a la mesa, luego a la canaleta, para después de una carrerilla sobre la baranda de la terraza, y un portentoso vuelo, conseguía burlar el muro que él había reforzado.

Ya he visto suficiente, paro el video y salió al patio para admirarse de la distancia tan portentosa que Gómez tenía que volar, para acceder a lo alto del muro. Y de allí a la libertad.

García no pudo dormir aquella noche, tenía que conseguir que Gómez dejara de escaparse, después de muchas vueltas, llego a la conclusión que la solución era, subir las altura de aquel muro, en la zona situada frente a la balaustrada de la terraza, de estas manera no podría franquear una altura mayor que la rampa de lanzamiento de su amigo el gato.

Dicho y hecho, después de otra semana de encierro para Gómez, al sábado siguiente, García pudo instalar ese supletorio de valla. Y la prueba de fuego vino con la nueva puesta en libertad de Gómez el domingo por la mañana.

Gómez subió a la barandilla de la terraza, miro a un lado, miro al otro, incluso hizo un trote sobre la misma, pero finalmente desistió de intentarlo, a todas luces, era imposible.

García por su parte, se relajo, y decidió tomar una siesta corta, de sofá. Suficiente para que Gómez volviera a desaparecer, y quién sabe si no para siempre…

Sintió que era un mal carcelero, que imponía a su compañero de casa a un encierro hasta injusto, ya no temía que Gómez tuviera un accidente, o que fuera devorado por el pastor belga que siempre ladraba cuando el echaba la siesta. Esta vez, temía que su amigo, su compañero de soledad, se hubiera hartado de sus encierros, de su privación de libertad y decidiera no volver jamás.

García sabía que su gato tenía una parte de vagabundo y temía que esta se hubiera terminado imponiendo sobre la parte acumulada de su ser. Temía que Gómez hubiera decidido ser un gato nómada.

Al ver que Gómez no regresaba, pensó que era el momento de salir a buscarle, tenía que hacerle regresar, para hacerle saber que a partir de ahora, podría entrar y salir de la casa cuando quisiera, que a partir de ese domingo Gómez podría seguir viviendo en la casa, con la tranquilidad de poder entrar y salir cuando quiera, sin restricciones, sin encierros.

Tenía que encontrar a Gómez, pero como encontrarlo, no se había preocupado nunca por pensar en lo que impulsaba a Gómez a salir, y entonces se le ocurrió…

Dio al play en el reproductor de video del ordenador, dispuesto a descubrir que hacia Gómez, una vez superada la valla, y pasados 10 minutos, se sorprendió marcando el 091.

HISTORIA II: LA COREOGRAFIA DE LA CIUDAD.

Salíamos de aquel alto edificio en el centro de la ciudad, habíamos sido convocados a aquella maratoniana reunión comercial en la central de la empresa. Llevábamos 9 horas encerrados en una sala de reuniones con las delegaciones comerciales de las demás direcciones regionales del país. 9 horas con una pausa de una hora para comer un bocadillo y un refresco en el pasillo, y lo peor es que estaríamos dos días más de reunión en la misma sala…

Ricardo sugirió, —vamos a tomar una cerveza en una cafetería, necesito un rato para relajar la mente…

Rápidamente, el grupito accedió a su propuesta, una o 4 cervezas.

Llevábamos los pequeños troleys con nuestro equipaje ya que habíamos llegado por la mañana en el avión de las 6h00 y no habíamos tenido tiempo para llegar al hotel. Entramos los 6 en la primera cafetería que vimos y Sonia, directamente pidió 6 cervezas.

Era otoño en Madrid y la época de la reunión comercial de después del verano que nos pondría las pilas para afrontar la temporada de invierno. El cielo de Madrid tenía ese color gris de nubes perennes alumbradas por el destello de las luces de la ciudad.

Nos sentamos en la esquina de la barra, justo al lado del escaparate que daba a la plaza de España. José, pidió un plato de Jamón, y todos comentamos lo ridículo que eran los bocadillos del medio día, dimos buena cuenta de las cervezas y el jamón, cuando Javier nos llamo la atención sobre algo que estaban haciendo unos adolescentes por la plaza….

—Joder, mirar esos tíos. ¿Qué coño están haciendo?— Dijo con curiosidad Javi…

A lo que yo respondí, — parece que están jugando a algo…

Ricardo intervino, — Hay un huevo de gente, mirar todos los que hay detrás del seto…

Javi volvió a decir — ¿Qué que…? Parece como si fuera una especie de bronca, pero a 50 metros de distancia…

Yo observe, — no sé que estarán haciendo pero está claro que están jugando en dos equipos, y todos llevan gafas trasparentes…

José comento — ¿por cierto, que os parece el tema de preventa que ha planteado Pilar? —Y volvimos a nuestra conversación sobre lo vivido en la reunión…

El caso es que por toda la plaza de España, había un montón de chicos y no tan chicos corriendo de un lado a otro en una especie de coreografía colectiva. Corrían conjuntamente agachados y se distinguía claramente que había dos equipos que se ocultaban mutuamente.

Mientras seguía la conversación, me empecé a fijar en aquel extraño aquelarre. Eran chicos y chicas de entre 15 y 30 años que estaban practicando algo de forma conjunta, ejecutando una rara coreografía que inventaban sobre la marcha. Cuando un grupo avanzaba, en otro retrocedía y se protegía de la vista de sus contrincantes.

No tenían ningún distintivo, estaban vestidos como cualquier persona, la única distinción era que todos llevaban unas gafas trasparentes, con la forma de unas gafas de sol de ciclismo, pero con cristales trasparentes.

Mi compañero Juan Luis también seguía la conversación pero como yo, seguía atento a lo que pasaba en la plaza y me comento, — Todos llevan los móviles en la mano…

A lo que yo le respondí, —y las mismas gafas, no son de vista, son como de deporte…

José dijo; —En Madrid siempre hay cosas raras tío…

Y tal como lo dijo, de repente, las más o menos 50 personas que corrían arriba abajo por la plaza, casi al unísono, se incorporaron, salieron de sus escondites, miraron a su móvil y se dispersaron cada uno por su sitio…

Ricardo dijo —Debe ser una especie de Flashmod o algo así…

Juan Luis, que era el mayor de los 6, se le ocurrió preguntarle al camarero, — Perdone Jefe ¿Qué está haciendo tanta chavalería en la plaza?

A lo que el camarero respondió, — de chavalería nada, son gente que trabaja en las oficinas del centro, y después de trabajar salen a enfrentarse en la plaza, todos los días a la misma hora, y los sábados, en cuanto empieza a anochecer, se juntan aquí cerca de 500 personas, es digno de ver….

A lo que Sonia le pregunto, — ¿pero que hacen, bailan, pelean?

—No tengo ni idea, es una nueva moda, salen, se encuentran como una hora y luego todos se van a sus casas, es una especie de juego con los móviles, como lo de buscar pokemon o algo así pero en grupo…

Y Juan Luis le pregunto — ¿pero llevan mucho tiempo haciéndolo?

—No que va, llevaran un mes haciéndolo, pero al principio eran como 10 y el sábado vinieron como 500 personas, tuvo que venir la policía y todo.

Sonia le pregunto — ¿pero es ilegal?

—No que va, vino la policía para controlar que los despistados no se salieran a la calle y los atropellara un coche, la policía no lo prohibió, al contrario….

Y José afirmo, —esta juventud se está echando a perder, 500 tíos cogiendo pokemon con el móvil

Y todos nos echamos a reír....

Decidimos ir en metro al hotel, ya que según Ricardo, estábamos a solo 4 paradas en la misma línea, por lo que con los troleys nos fuimos camino del metro.

A la salida del metro de al lado de nuestro hotel, un chaval de unos 18 años se me acerco y me ofreció ¿quieres una E-gun? A lo que yo instintivamente le dije —no gracias y seguí a mis 5 compañeros.

El hotel estaba a unos 300 metros de la boca de metro y los 6 íbamos haciendo gran ruido por la acera con los troleys y los zapatos de vestir.

De repente, cuando llegamos a su altura, detrás de unos contenedores de basura, salieron corriendo 6 personas, agachándose entre los coches aparcados.

Uno de ellos nos increpo. —No podéis hacer más ruido

Y por detrás de la boca de metro, salieron un grupo de unas 12 personas, corriendo y apuntando con el móvil a los 6 del contenedor de basuras.

Pasaron corriendo al lado nuestro y ejecutando unos movimientos en los que claramente no era ningún tipo de baile sino más bien, un movimiento bélico.

Estaba claro que estaban con el mismo juego, pero estas personas, además de ser claramente adultos, iban ataviadas con un perfil común, ropa entera oscura, gorros de lana negros, cazadora negra que permitía movimientos y botas militares.

José que iba el último dijo —Joe, estos no están cazando pokemon…

El grupo de 12 se rieron a la vez, sin mirarnos, sin dejar de correr y sin dejar de apuntar con los móviles. Todos llevaban las mismas gafas.

Cuando llegamos al hotel, haciendo el check in en recepción, Ricardo comento que se había fijado que todos llevaban cascos de sonido puestos. Y todos coincidimos que aquello parecía más bien juegos de guerra.

Salimos a cenar a un asturiano que había cerca del hotel y al volver, flipamos viendo como en la acera de enfrente se situaba un autentico comando de "jugadores" perfectamente camuflados entre los árboles y un portal. Nos quedamos mirando en silencio, porque ya casi no había coches y la situación parecía seria.

Vimos como mas adelante venia un grupo que parecían más hombres de negro, avanzando en fila india y a paso ligero, cuando de repente, cayeron en la emboscada del grupo parapetado.

No comprendimos lo que pasaba, los que venían a paso ligero calle arriba, se vieron sorprendidos por el grupo de parapetados, no hubo gritos, no hubo ruidos, simplemente los parapetados, salieron con sus móviles, los que venían corriendo se quedaron quietos, visiblemente sorprendidos y molestos. Los parapetados una vez realizado el encuentro, se fueron calle arriba, escondiéndose de nuestra vista.

Llegamos de nuevo al hotel sin haber entendido muy bien que habíamos presenciado y nos retiramos a dormir.

A la mañana siguiente hacia mucho frio para ir hasta el metro y nos cogimos un cabify de 6 para acudir a la torre donde de nuevo tendríamos una maratoniana reunión de 9 horas. En la Hora del bocadillo preguntamos a algunos amigos de otras regiones si sabían algo del juego ese de los móviles por la calle, pero nadie nos supo dar una explicación.

Después de la reunión, acordamos ir directamente al hotel, y tomar la cerveza en el bar del hotel, en un jardín con setas de butano.

De nuevo vimos como a 100 personas haciendo la coreo del día anterior, la verdad es que impresionaba ver aquello, eran el doble que el día anterior estaba claro que el camarero tenía razón, eran las mismas personas que trabajaban en las oficinas de alrededor, todo nos parecía muy caótico, pero estaba claro que ellos si sabían lo que hacían, por que los "equipos" se movían de forma coordinada al unisonó. La verdad es que yo me hubiera quedado un rato a ver aquello para entender el espectáculo.

Llegamos a la estación de metro de cerca del hotel y de nuevo el chaval del día anterior me ofreció un E-gun, pero esta vez me enseño un aparato y mi curiosidad no me dejo seguir con mis compañeros y me pare.

— ¿Eso qué es?— Le pregunte al chaval.

— ¿No sabes lo que son los party gun?

—No, no soy de aquí, ¿qué es?

—Si no lo sabes, ¿para qué vas a querer una E-Gun?

Mi curiosidad no me permitía que se quedara así la conversación quise hacer ver que si sabía de qué iba la cosa.

—Si que quiero una E-gun, pero quiero una buena, no la primera que me ofrezcas. ¿Cuál es y cuanto vale?

—Que yo sepa solo hay un modelo y yo las vendo a 50 pavos, en un chino vas a encontrar la misma a 70 €, tu veras si la quieres o no.

— Si quiero una, pero sí que hay diferencias, no me tomes el pelo.

— la única diferencia es el color del laser, ¿Qué color tiene tu clan?

— ¿Qué clan? Que Laser?

—Me estas vacilando, no tienes ni la mínima intención de comprar nada, me estas sonsacando…

Se dio la vuelta y se quito de en medio entre la gente.

Me dirigí al hotel y encontré a mis amigos ya con la cerveza en la mano cobijados bajo el calor del butano.

—Ya me he enterado de algo mas, hay un chaval que vende una cosa llamada E-gun...

Mis amigos me miraron muy intrigados, vi como en ellos también había anidado una tremenda curiosidad.

—La E-gun es como un móvil grande, pero como 3 veces más ancho, la he visto solo un momento.

Estaba claro que mis amigos estaban tan intrigado como yo, por que cuando hice la pausa para darle el primer buen trago a la cerveza, nadie intervino, todos esperaron a que reanudara mi relato…

—Por lo visto, solo existe un mismo modelo de E-gun, y debe de tener algún tipo de laser y su color es importante.

En ese momento, se encaminaban un grupito de 5 engafados hacia el parque que estaba delante del bar del hotel, venían en formación de flecha, y cuando llegaron a nuestra altura, fueron masacrados por 3 francotiradores que estaban ocultos en unos matorrales a pocos metros de donde estábamos sentados.

Ninguno de nosotros se había percatado de que teníamos a tres jugadores a nuestro lado, Javier y Ricardo se asomaron por encima del seto, y les preguntaron.

—Oye ¿podríais venir un momento y explicarnos que es esto de las E-gun?

Los tres hablaron entre ellos en voz muy baja a través de los auriculares, se levantaron y antes de irse, uno de ellos nos espeto, — Lo siento, estamos de servicio…

En otras circunstancias, esa respuesta nos hubiera provocado unas buenas risas, pero la verdad es que estábamos tan intrigados que nos dejaron cavilando.

Al final fue Sonia quien rompió el silencio. —Oscar, cuéntanos mas ¿Por qué es importante su color, y donde están los laser?

—Ni idea Sonia, solo sé que tiene algo que ver con los clanes.... Pero no se mas.

José disparo, —Pues a ver cómo nos informamos, yo no me voy de Madrid mañana sin saber de qué va todo esto.

A lo que yo le respondí. —Creo que se como nos podemos enterar. El chaval me dijo que él las vendía a 50 pavos, pero que en algunos chinos lo vendían a 70 €

Javier dijo, —pues yo por 50 pavos me compro una y ya me enterare de cómo va eso de los clanes y su puta madre, en casa.

Sonia dijo. —En los bajos del edificio de enfrente de la central, hay un chino, podíamos escaparnos todos en la hora del bocadillo diciendo que vamos a tomar un café decente y nos enteramos.

Y así quedamos. Antes de acostarnos, vimos algunas escaramuzas mas, según avanzaba la noche, los jugadores iban mejor perpetrados, más preparados y actuaban de forma más marcial.

Reconozco que a mí me costó dormirme, dándole vueltas al mismo tema, tenía una curiosidad enorme de saber más sobre aquello que estaba pasando. Era muy excitante.

En el desayuno, todos confesamos que teníamos mucha curiosidad por el tema y para no llegar tarde a la reunión, cuando se reanudara después de la hora del bocadillo, saldríamos al principio en vez de después del café.

Llegamos a la reunión con nuestras maletas, y cada 15 min. Consultábamos la hora, deseando que llegara la hora del bocadillo para bajar al chino.

Cuando llego la hora, salimos escopetados al ascensor, cruzamos la calle y nos plantamos en el chino del edificio de enfrente.

Habíamos quedado que hablaría yo, por que tenía más información y nos daba miedo que el chino nos diera con la puerta en las narices.

—Buenos días, quería comprar una E-gun, me han dicho que aquí tienen.

—Tengo todo tipo de teléfonos móviles, relojes digitales, ebook, altavoz bluetooth…

—Ya, pero a mí me interesa la E-gun.

Lo siento no tenemos.

No entendía esa reticencia a vender el cacharro. Si no supieran de lo que estoy hablado, me preguntaría que es eso, pero me dijo directamente que no tenían, ósea que, sabía lo que eran y seguramente tendrían.

—Vera usted, sabemos de muy buena fuente que usted vende las E-gun, por ahí las venden a 50 €, pero nosotros queremos comprar 6 y preferimos comprárselas a usted aunque sea más caro, por la garantía de si algo no va bien, podérsela traer a reparar…

Se produjo un silencio, pensé que un chino enfrente de un sitio donde se congregaban 500 jugadores los sábados, tendría que tener de todo, pero por alguna razón, a nosotros les daba mal rollo vendérnoslas.

¿Por qué sería? ……… Las corbatas…. El traje y las corbatas imponían bastante, parecíamos algo oficial…

Y antes de que el chino me diera su segunda negativa, le dije.

—Vera usted, somos de diferentes provincias de Andalucía, estamos en una reunión comercial en la torre de enfrente y esta noche nos volvemos en avión a nuestras casas, y allí no hay E- gun….

A lo que el chino respondió: 70.

¿Cómo?

—Si queréis las E-gun, tendréis que pagarme 70 y solo tengo Morado, Rosa y Naranja.

Javier se puso a negociar contándole que conocíamos Pekín, que nos gusto mucho la gran Muralla, etc. y finalmente cerramos el precio de 6 por 60€ cada una.

Con la venta medio cerrada, entendí que era el momento de sacar más información aun a riesgo de descubrirnos como que no teníamos ni idea de lo que estábamos contando.

— ¿Pero dime una cosa, en qué consiste un clan?

El chino me miro con una sonrisa y después de hacernos saber que sabía que no teníamos ni idea nos explico.

—Un clan es un pequeño grupo de jugadores, lo habitual es que varios amigos tengan un mismo color para distinguirse de los enemigos…

Ricardo pregunto — ¿pero cómo se ven los colores?

—Con las gafas que lleva el E-gun, podréis ver los disparos del laser del aparato, sin ellas solo veréis gente con un móvil muy gordo…

— ¿Pero como….?

—Si me dejáis hablar os explico lo básico, los clanes son grupos de 3 o más personas, cada clan tiene su propia identidad, hay clanes que se dedican a francotirador, otros son de hacer emboscadas, otros son de tipo comando y otros se integran en un ejército, dependiendo del tipo de juego que más te divierta.

Se agacho y saco una caja de debajo del mostrador y la abrió.

—Este es un e-gun Naranja, — y nos enseño el contenido de la caja.

—El aparato se conecta al teléfono por la conexión mini USB del teléfono, solo funciona con los android por ahora, aunque mi proveedor me ha dicho que va a salir uno exactamente igual pero para iphone…

José le pregunto; — ¿y los traes de China?

—No, en China no existen, los he pedido allí pero no saben de que hablo, nadie sabe de dónde salen ni quien los fabrica, a mí solo me exigen que no se vendan a mas de 70 €, lo cual es una pena porque a gente como vosotros lo podría vender a 300 €, tampoco existen aparatos ni mejores ni peores, todos son iguales, y que yo sepa solo el proveedor puede cambiar el color del laser.

Y José pregunto — ¿son ilegales?

—Nadie lo sabe, creemos que no, porque la policía no los incauta, pero yo creo que es como los patines eléctricos, nadie sabía al principio si se podía o no usar en la calle… a mi me dicen que no se los venda a cualquiera que no tenga ni idea y no haga ninguna publicidad, ni importarlo fuera de Madrid, pero el negocio es el negocio…

— ¿Y cómo funcionan? Pregunto Sonia.

—Una vez conectado al móvil, el sistema te pedirá bajarte una aplicación, que te pide todos los permisos de tu móvil, te asigna un numero de jugador, tú te pones un nombre de jugador y según vayas haciendo blancos, el sistema te va ascendiendo como en una carrera militar, no es fácil ascender, porque para subir a suboficial, deberás además de ser rápido y certero, demostrar tu inteligencia, dotes de mando, etc.

—Cuando llegas a un nivel de teniente, puedes organizar encuentros de 500 personas como los de los sábados aquí en la plaza, en los que se enfrentan dos ejércitos de tenientes, en los que ellos deciden la estrategia, las posiciones, los tipos de soldados, etc.…

Y Ricardo pregunto — ¿y qué hay que hacer para llegar a coronel o general?

—Por ahora eso no existe, que yo sepa esto solo se juega en Madrid desde hace un mes, y solo hay 4 tenientes, quizás con el tiempo y mucha práctica aparecerá alguno superior.

—Bueno, al tema, una vez conectado, el e-gun genera un campo de detección invisible que cubre todo el cuerpo que funciona realmente bien, si te alcanzan en un brazo, puedes seguir jugando pero de forma limitada, un disparo cada 5 segundos, si tienes dos impactos leves, cada 10 seg., y si te alcanzan en la cabeza, pecho o barriga, directamente 42 min. Sin jugar, y nadie te puede impactar, estas fuera de juego.

—El e-gun tiene un sistema que dispara un laser que solo se ve con las gafas, cuando impactas a alguien sobre su cabeza veras el rango de la persona, el lugar de impacto y los puntos recibidos. Si te dan, mirando el móvil, te dirá donde te han dado y los puntos retirados.

—El e-gun tiene su propia batería que comparte con el móvil, no tiene garantía por qué no se sabe el fabricante pero todavía no se ha roto ninguno, son realmente duros, lo que se rompe es el móvil si no lo proteges bien.

Pregunte, — ¿y puedo comprar más de uno?

—Queréis saber demasiado, no se puede comprar más de uno, y si el sistema detecta que un mismo jugador quiere utilizar dos, aun con móviles diferentes, bloquea los dos y son inservibles, no hay devolución.

Quise hacerle una pregunta más sobre las gafas, pero no me dejo.

—Ya está bien, elegir el color y darme los 60 €, no se pueden pagar con visa.

Quedamos en que nuestro color seria el Naranja, pagamos y nos entrego los E-gun en bolsas cerradas sin publicidad.

Llegamos con el tiempo justo para comer un bocadillo en 5 min, y nos metimos en la reunión. Cuando termino la reunión, dijimos que teníamos el avión muy pronto para salir cuanto antes, y decidimos antes de montarnos en el metro, probar nuestros E-gun.

Nos alegro mucho ver que nuestros cacharros estaban a un 90 % de batería. Nos registramos y nos dirigimos al metro todavía de día.

No nos queríamos ir de Madrid y como teníamos tiempo, decidimos parar en una estación de camino al aeropuerto, con la esperanza de poder jugar un poco.

Salimos de la estación, ya era de noche, nos encaminamos a un parque que vimos cerca con nuestras maletas y los E-gun en el bolsillo.

Era viernes y el parque estaba llenándose de gente con gafas… José dijo que pasaba del tema, prefería mirar y se sentó en un kiosco en el parque, y claro, se quedo con todas las maletas, nos pusimos las Gafas y…

De repente entramos en otra dimensión, veíamos a mucha gente corriendo con halos trasparentes alrededor y todo el cielo se lleno de ráfagas multicolor de líneas súper brillantes de color rojo y azul principalmente, pero también había muchísimos verdes, morados, amarillos... Sobre las personas podías ver que unos tenían en rojo el halo que rodeaba un brazo, una pierna… Cada vez que alguien recibía un impacto, podías ver sobre él un destello amarillo en la zona donde le alcanzaban y sobre la cabeza los galones del tipo de soldado que era.

Nuestra primera reacción fue de alucinar por el grandioso espectáculo multicolor, pero de repente, los trazos laser se volvieron hacia nosotros y nos tiramos al suelo de forma instintiva, recuerdo que mire a la pantalla de mi móvil y me aparecía un corazón con el número 130 lpm. Uff….

Mire a mi derecha y Javier me hacia la señal de que me pusiera los cascos… estaba tan inmerso en aquel escenario que había olvidado todo. Me los puse y empezamos a hablar…

No teníamos ni idea, solo que si nos asomábamos, nos fusilaban, y dije, — a los setos de la izquierda, de uno en uno…

Corrimos, nos escondimos, disparamos, hicimos algunos blancos pero inevitablemente nos mataron a todos menos a Sonia que 2 veces herida seguía en combate. Como cuando estabas muerto, los intercomunicadores no funcionaban, tuvo que ser José quien fuera a buscar a Sonia para decirle que llevábamos allí 3 horas y que perderíamos el avión.

Cogimos un Cabify de 6 porque si no perdíamos el avión, nos reímos como niños pequeños viendo los trajes llenos de polvo, y sin quitarnos las gafas mientras veíamos otro Madrid, un Madrid en medio de una guerra silenciosa y multicolor.

El conductor de Cabify, nos dijo que él era cabo primera y que a las 23h00 terminaba el turno y se unía a una batalla en el parque del retiro de unas 3000 personas, flipamos.

Llegamos justo para embarcar en el avión, Ricardo Juan Luis y yo volábamos en el mismo y nos pasamos el viaje hablando de la otra dimensión que acabábamos de conocer…. Teníamos que exportarlo a nuestra ciudad si no habría llegado ya…

En un despacho en un edificio de Madrid, 12 personas comenzaban una reunión.

La persona que comenzó a hablar encendió un proyector y dijo.

—Ya hay 480.000 E-Gun en la calle. La progresión es exponencial y nadie sabe de donde están saliendo. Hemos dado la orden al ministerio del interior para que se permita el juego siempre fuera del asfalto, ya que hemos tenido en Madrid 58 atropellos y 31 en Barcelona de soldados en las calles. Solo 2 mortales.

—Tendremos que discutir como restringir digitalmente los lugares donde establecen campos de combate, aprovechando los GPS del móvil de los soldados.

—Siguiente tema a discutir.

—Tenemos 4 tenientes nombrados en Madrid y 3 en Barcelona.

—Por el número de soldados el ejército de Madrid, debemos de ascender a un nuevo teniente y en Barcelona, se ha llegado a 150.000 soldados, debemos de nombrar con urgencia a 2 tenientes mas. En la carpeta que tienen delante, tienen toda la información de los candidatos, necesitamos sus votos antes del viernes a las 23h00.

—Tienen que tener en cuenta que estos nuevos tenientes, posiblemente llegaran a Coronel, por lo que les pedimos que valoren más su capacidad de saber gestionar los recursos humanos de su ejército que su puntería.

—Ya estamos distribuyendo E-gun en Málaga, Sevilla, Almería, Bilbao, La Coruña, Salamanca, Valencia, Lérida, Murcia, Guadalajara, Burgos, Cáceres, Palma, Tenerife y Las palmas. — Abriremos la venta en todas las ciudades universitarias.

—En caso de una guerra con Marruecos, probablemente se producirán batallas de gran envergadura, por lo que creemos que, de seguir a este ritmo, la cantidad de e-soldados, en dos meses tendremos que desbloquear la posibilidad de realizar e-batallas interprovinciales.

—Para ello, tendremos que hacer participes a los E-tenientes actuales que decidamos que sean ascendidos, sobre la verdadera finalidad de E-gun, hacerles saber su situación de militares y su preparación ante una guerra real, si finalmente Marruecos decide invadir Ceuta, Melilla y Canarias, tal como informa el CNI.

HISTORIA III: ABDUL EL LOCO.

Moktar era una curiosa mezcla de razas y de modo de vida. Era hijo de un Tuareg y de una Bereber.

El padre de Moktar se llamaba Moussa. Era un Tuareg del Sahel, su familia pastoreaba en el sur de Argelia desde tiempos inmemoriales. Se dedicaban al pastoreo de cabras y de dromedarios y pastoreaban desde el norte de Tombuctú al sur de Trípoli. Aunque su zona más habitual era el sur este de Argelia.

Su familia era un grupo pequeño aunque muy respetado dentro de los pocos Tuareg que todavía eran leales al legado imuhars, ya que el abuelo de Moktar era un conocido guerrero de los que pelearon contra la colonización francesa. La familia de Moktar, era muy tradicional, conservaban en pleno siglo XX las costumbres ancestrales del pueblo del desierto. Colocados por Ala en el inhóspito corazón del Sahara, eran los únicos habitantes del desierto que Vivian de espaldas a las comodidades que la civilización de los colonialistas había traído a África.

En uno de los viajes de la familia de Moktar, la familia Tuareg decidió acampar en la zona desértica de Douar El Ma, con la idea de vender las nuevas cabras nacidas durante el invierno y comprar 3 dromedarios más. El invierno del 64, fue un invierno duro, pero con gran cantidad de lluvias. Y el crecimiento de los cabritos fue en paralelo con la cantidad de hierbas de camello que aparecía por todo el Sahara. Había sido un gran año y la familia tenía la oportunidad de aumentar el rebaño de dromedarios.

Pero el mercado de Douar El Ma, estaba saturado de cabras, a los bereberes del sudeste de Argelia les había ido también muy bien.

Moktar era un chico despierto, desde pequeño demostró tener una gran inteligencia y grandes dotes para arreglar cosas y construir poleas para pozos, o estructuras fuertes para haimas un poco más grandes de lo habitual. Tenía 20 años, cuando llegaron a Douar el Ma, y todo lo que veía en aquel pequeño asentamiento le fascinaba, todo lo que olía a civilización le maravillaba. Era superior a él, si Moktar, hubiera sido criado en occidente, hubiera sido seguramente ingeniero, su mente estaba preparada para ver cosas que la matemática que no conocía le limitaba.

Cuando la familia se planteo, el regresar al solitario mar de dunas del norte de Mali, sin haber cambiado las cabras por dromedarios, Moktar, hablo con su padre, le dio la idea de que 3 de sus hermanos y el, podrían viajar al norte, llevando unas 50 cabras, hacia la gran ciudad de El Oued.

El padre de Moktar, se negó en un principio, no quería que sus hijos abandonaran la familia, y temía que la civilización, sedujera la mente inquieta de Moktar, pero su madre intervino, le recordó que después de un año de lluvias en el Sahara, suelen venir varios de sequia, y el disponer de 3 o 4 dromedarias, les garantizaría la leche, y si es necesario, la carne para subsistir durante un duro periodo de sequias.

Al final cedió, confiando en que sus otros 3 hijos, nómadas de corazón, arrastrarían de regreso a Moktar.

Partieron una mañana a primera hora. El padre de Moktar, les acompaño varios kilómetros, en silencio, a lomos de su preciado Mehari Blanco como la leche, hasta que se aseguro que tenían la facultad de leer en el terreno el camino correcto hacia el norte. Sin previo aviso, y sin despedida alguna, giro su mehari, y regreso al campamento, dejando a sus hijos, pastorear sus cabras hacia la civilización.

Pasados dos días, Moktar y sus hermanos distinguieron a lo lejos, la ciudad de El Oued.

Decidieron acampar tras unas dunas a una distancia prudencial y pasar la noche.

A la mañana siguiente, Moktar y su hermano as pequeño se encaminaron a la ciudad, mientras que sus hermanos mayores, se quedaban a la intemperie, al cuidado de sus cabras.

El Qued, era un pequeña ciudad, más bien un pueblo grande, pese a ello, a Moktar quedo fascinado, de sus calles, de sus luces eléctricas, de sus ordenadas calles, de sus edificios principales. Todo en la ciudad le fascinaba.

Emplearon casi todo el día en descubrir la ciudad, pero ya empezaba a atardecer, y no podían obviar su misión, se encaminaron hacia el mercado de El Qued.

Después de consultar a 5 compradores, descubrieron tristemente que el precio de venta de las cabras apenas difería con respecto a Douar El Ma, apenas conseguiría 2 dromedarios por sus cabras.

Desanduvieron el camino hasta donde aguardaban sus hermanos, con la mala noticia. Solo había una pequeña esperanza, el ultimo tratante de ganado con el que hablaron, les aseguro, que al otro lado de la frontera con Túnez, podrían conseguir su propósito.

Después de discutir entre los 4 hermanos, cual era la mejor idea, si volver fracasando junto a su familia y aguantar las burlas de su padre y sus tíos, o intentar llegar hasta la ciudad fronteriza de Matrouha, ya en Túnez, para allí, hacer un buen trueque.

El hecho de volver con las manos vacías no peso tanto como el afrontar las burlas de los varones de su familia, por lo que a riesgo de perder 3 o 4 días más, decidieron viajar al este, hacia Túnez.

Matrouha era un pueblo pequeño, de reciente creación y de rápido crecimiento, el contrabando de combustible con Argelia y la venta de sal del inmenso mar salado de Chott el Jerit, le habían asegurado un rápido crecimiento, pero las recientes mediadas del gobierno tunecino para controlar, que no, parar el contrabando, había ralentizado este prospero negocio, lo que favorecía a nuestros aventureros, ya que esto hacia que el precio de los dromedarios, tras la bajada de la demanda de trasporte barato y silencioso, estaba por los suelos.

Esta vez, el carácter nómada de los cuatro hermanos Tuareg, no evito que el sentido práctico, les llevara a acampar justo a la salida oeste del pueblo, no querían perder mucho tiempo, yendo y viniendo desde un lejano campamento.

A la mañana siguiente, el sonido de una espantosa maquina les despertó, se trataba de un camión Bedford que se dirigía hacia ellos. Moktar, quedo maravillado al contemplar como un solo hombre dominaba a placer aquella maquina gigantesca. Había visto varios coches en El Qued que ya le había maravillado, pero contemplar como aquel artefacto, era capaz de trasportar a mas de una decena de dromedarios como si nada, le maravillo.

Decidieron no perder más tiempo y dirigirse al pequeño mercado de la localidad, allí encontraron cientos de dromedarios, de todos los tamaños y colores. Se quedaron maravillados por lo que allí contemplaron.

Conocieron a un mercader, que les informo sobre las costumbres locales para hacer trueques.

El primer impedimento era su condición de extranjeros, Moktar no entendían ese contratiempo, eran Tuareg, una raza claramente superior, ellos no entendían nada sobre las fronteras entre Túnez y Argelia, insistieron que ellos no vieron más que una gran Hamada sin ninguna línea de división en el suelo.

El problema de la extranjería se soluciono rápidamente, entregando una de las cabras al eumda del pueblo, pero el segundo requisito, complico un poco más su misión. Resulta que era costumbre en Matrouha, después de siglos de experiencia comprando ganado en la frontera, y para evitar ganado contaminado, la obligación de que el ganado permaneciera tres días en la ciudad, te tal manera que si aparecía cualquier tipo de mal en algún espécimen, con tres días se haría evidente, y de paso, hacer gastar a los visitantes, su dinero en los lupanares y posadas de la ciudad.

Así que los 4 hermanos, después de llegar a un acuerdo con el comerciante, bastante ventajoso, en el que después de los 3 días de cuarentena, si todo marchaba bien, cambiarían su rebaño de cabras por 5 dromedarios de muy buen porte.

Moktar, el padre de nuestro protagonista, decidió aprovechar aquellos 3 días, para conocer a fondo la ciudad y tantos artilugios como fueran posibles. Descubrió una gran máquina, capaz de cortar palmeras en tablones en apenas minutos, vio como repostaban camión, tras camión con aquel maravilloso liquido que producía tanto ruido en el corazón mecánico de aquellas bestias metálicas.

Y, también se acerco maravillado a contemplar cómo funcionaba una gigante noria, que habían puesto allí hacia siglos por primera vez, los primeros occidentales que se acercaron al Sahara.

Pasados los años, aquella noria fue perfeccionada, de tal manera que con la ayuda de dos bestias, conseguía arrancar tanta agua de la tierra como jamás había imaginado que existía en todo el mundo.

Pero para lo que no estaba preparado Moktar, era para descubrir lo que el destino le deparaba.

Mientras contemplaba el movimiento y el brotar del agua, contra el sol del atardecer se le aparición una figura mística, el contorno de una hermosa joven, acentuado por el cántaro que portaba en su cabeza… Se trataba de Malika, una joven de unos 16 años, con unos ojos desgarradores, y una increíble tez blanca que llamaba poderosamente la atención del corazón de aquel joven Tuareg.

Moktar consiguió arrancar una bonita conversación de Malika, y los 3 días antes de su partida, Malika y Moktar se enamoraron profundamente.

Los hermanos de Moktar retrasaron 2 días más, su retorno al corazón del Sahel, para convencer a Moktar de que les acompañara al campamento de su padre, pero Moktar les explicaba una y otra vez que no podría volver sin su corazón. Se quedaría, se casaría y entonces volvería con su familia y su vida nómada.

Finalmente, los hermanos decidieron partir sin él. Todos querían a Moktar, por lo que decidieron pese a enfrentarse a la cólera de su padre, dejarle a su hermano uno de los 5 dromedarios. En cualquier caso, el objetivo eran 4 dromedarios, y ellos cumplirían, aunque partieran 4 y retornaran 3. Pero a Moktar, nadie le convencería. Partieron sin él.

El padre de Malika, se negó en rotundo, a dar a su hija en mano a un Tuareg, no porque no sintiera admiración por los duros habitantes del Sahara, sino porque no permitiría que su hija fuera entregada a una vida de dureza, sol y arena en el corazón del desierto. De ninguna manera.

Pero Malika era muy obstinada y cada día, insistía, cada noche lloraba, y cada tarde se encontraba con su amado en la noria. Pese a que los Tuareg creían en la libertad de las mujeres, de elegir y vivir su sexualidad, Moktar, siempre acepto respetar a Malika, y decidió comenzar a adaptarse a la vida en una población.

Busco un trabajo de aprendiz de mecánico en un taller de maquinaria agrícola, busco una pequeña casa, y comenzó a vivir como uno más en el pueblo, mientras insistía en sus pretensiones de casarse con Malika.

Finalmente, el padre de Malika cedió, y aceptaría que su única hija se casara con un Tuareg, el que Moktar empezara su vida como un ciudadano típico de Matrouha, y que casi después de un año, Malika no cambiaba de opinión, ni cambiaria nunca, dio su consentimiento salvo por una condición. Moktar nunca, volvería a su vida nómada, si se casaba con su hija, debería vivir siempre, como un ciudadano más.

Moktar, siempre albergo la idea de una vez casados, emprendería el viaje de búsqueda de su familia, y quién sabe si llevaría varios inventos que les haría más fácil su vida en el Sahara.

Quería a Malika más que a nada en el mundo, pero él era un Tuareg.

Hablo con Malika sobre el tema, y ella estaba más que dispuesta a que la exigencia de su padre se cumplirán, no solo eso, ella no había nacido para vivir en el desierto, buscando hierva de norte a sur. Ella quería a Moktar, pero también quería su vida.

Finalmente Moktar se decidió, y juro frente a su futuro suegro, sobre lo más sagrado que no volvería a la vida Tuareg.

La boda duro 4 días, Malika era la hija de un prospero tratante de sal, y su padre no reparo en gastos. Además les ayudo con una vivienda digna.

Por fin Moktar y Malika se casaron pese a todo. Moktar aunque echaba de menos su vida en el desierto, por fin tenia a Malika, y eso le valía, al menos entonces.

Pasaron varios días encerrados en su nueva casa, haciendo el amor y disfrutando mutuamente el uno del otro. Malika tenía muchas ganas de ser Madre. Y Alah se lo concedió muy rápidamente. A los 2 meses ya estaba embarazada. Tan rápido que decidieron no decir nada hasta el 4 mes, para evitar habladurías.

Así vino al mundo Abdul. En el seno de una familia peculiar, un tuareg y una Bereber de piel blanca, que seguramente la blancura de piel, venia provocada por algún desliz de sus antepasados, en tiempos de la ocupación francesa.

Y Moktar, descubrió de repente, que era padre y paso en unos meses, de ser un muchacho a ser un marido con descendencia.

Se alegro mucho que fuera un varón, quería ver en su hijo, el orgullo de ser un hombre del desierto, como sus ancestros, como su abuelo paterno.

7 días después del nacimiento, se celebro La aqiqah de Abdul, toda la familia de Malika estaba feliz, especialmente el abuelo de la criatura, creía que no llegaría a verse como abuelo. Se caso con la madre de Malika en segundas nupcias, después de enviudar, a una edad avanzada y el verse con un nieto Varón que perpetrara su estirpe le hacía muy feliz.

Era evidente que Malika y su familia ya tenían planes para con la educación de Abdul, aunque Moktar tenía otras ideas, el iba a hacer de su hijo un duro Tuareg, orgulloso y valiente, capaz de enfrentarse tanto al desierto como a cualquier enemigo. Pero no quería enfrentarse a su suegro, que le proporcionaba casa, y un puesto de relevancia en la empresa de exportación de Sal

Los problemas vinieron a los 6 años, el suegro de Moktar, de repente un día, escupió Sangre, fueron al médico del pueblo, y tras varias pruebas concluyo que tenía el mal del pulmón. Una enfermedad asociada con los trabajadores de la sal. En apenas dos meses, el cáncer lo consumió.

Tras la muerte del padre de Malika, su madre, como es la costumbre, paso a vivir con ellos. Realmente Moktar, Malika y Abdul, se fueron a vivir al palacete de los padres de Malika. Y como es costumbre, siendo Malika hija única, Moktar pasaba a ser el cabeza de familia, se hacía cargo del negocio del padre, propietario de propiedades y dineros, y la potestad de tomar las decisiones relevantes.

Esto fue un cambio rotuno en la vida de Abdul, por fin su padre podría dirigir su educación.

Mientras su abuelo materno vivía, Abdul, asistía a la escuela coránica, aprendió a leer, los números y un poco de escritura. Pero su padre decidió que ya era un hombre.

Con los ahorros de la familia de su mujer, Moktar hizo varias compras. Lo primero fue comprarse un precioso Mehari, más alto y blanco que el de su padre, también decidió comprar un rebaño de 40 cabras, y decidió que ya era hora de que su hijo, dejara de perder el tiempo en la escuela, y comenzara a aprender a vivir en su entorno. Cuando cumpliera los 7 años, comenzaría a pastorear el rebaño de cabras, él le enseñaría a hacerlo.

Pero la peor decisión no fue esta. Moktar era el jefe de la empresa de exportación de sal de su suegro, quien tenía desde hacía años la concesión de extracción de Sal dentro del mar de sal de Chott el Djerid. Un punto de extracción complicado ya que solo se accedía a lomos de dromedario, lejano y complejo de extraer, pero con derechos adquiridos sobre la sal que se remontaban a mas de 200 años.

El eumda del pueblo de Matrohua hizo llamar a Moktar, una vez que conoció su nueva condición de personaje poderoso del pueblo y además propietario de una mina de sal.

—Estimado Moktar, dijo afectuoso el Eumda, cuando este entro en el suntuoso despacho del ayuntamiento.

—Aquí me tienes Señor eumda, ¿me habéis hecho llamar?

—Claro que si, querido amigo, siempre he tenido ganas de disfrutar de una buena conversación contigo, el día que me trajiste la cabra para que te diera la licencia para poder comerciar en Matrohua, me percate que estaba ante un hombre listo, a la vez que audaz. Y en menos de 8 años, te has convertido en uno de los hombres más importantes del pueblo.

—Bueno, debéis de saber que no es mío el merito de la empresa, sino de mi difunto suegro, yo…

—Tú eres lo que necesitaba la empresa de tu suegro, te lo digo yo. Éramos muy buenos amigos tu suegro y yo, hablamos mucho de negocios y siempre nos apoyamos mutuamente, compartíamos información, pequeños negocios en común, y siempre nos entendimos perfectamente.

—Me alegro saber que tenían tan buena relación entre ustedes…

—Y así debe de seguir si tu quieres, yo siempre me preocupe de que tu suegro prosperara, permitiéndole en determinadas ocasiones, trasportes sin impuestos y otras cosas que te contare cuando tengamos más confianza.

—Yo estaré encantado de tener la misma relación que tenia con mi suegro…

—Pues claro que si, la tendremos, la tendremos… la amistad en los negocios está basada en la mutua confianza, en el "yo te ayudo y tú me ayudas…" Tu suegro por ejemplo, se entero que un amigo común, estaba realizando oscuras maniobras para hacerse con mi puesto de Alcalde y me aviso a tiempo para, digamos, subsanar el error. Y a cambio yo, le permití ciertas licencias para hacer una segunda vivienda sin pagar más que a los obreros.

—Conozco la casa, en ella he vivido los últimos años…

—Naturalmente, pero ahora te has trasladado a palacete de tu suegro, muy bien hecho, las apariencias son importantes en los negocios, algún día te contare como consiguió tu suegro el terreno para construirlo –mientras que le guiñaba el ojo de forma picara. Pero dejémonos de chácharas, acabo de volver de la capital, donde un buen amigo me ha contado una información muy importante que de seguro te interesara.

—Estoy seguro que así será.

—Pues resulta que dentro de los planes de desarrollos de la franja sur, y para comunicar el sur con el norte, que como sabes está separado por cientos de kilómetros de sal del Chott el Djerid, se ha decidido que en un año, se va a construir una carretera en línea recta que atravesara el mar de sal, desde Degache hasta Bechri.

—Ohh, que gran noticia, eso será muy bueno para toda la región, y traerá más progreso a la zona.

—Efectivamente, pero debes pensar en cómo te afecta a ti directamente…

—Estimado Eumda, no veo en que me afectara…

—Pues muy sencillo, la empresa de tu suegro esta extrayendo la sal desde aquella concesión tan recóndita y complicada, tanto de extraer como de trasportar. Pero esta nueva carretera permitirá extraer la sal de una manera más sencilla, y al lado de una carretera principal para trasportarlo en camiones.

—Ya, pero las licencias de sal tanto de Degache como de Bechri, están otorgadas desde hace cientos de años, y no se concederán mas…

—Mi querido amigo, para eso me tienes a mí, para abrir tus oídos a informaciones secretas, solo para unos pocos elegidos. Escuchar atentamente.

—En mitad del Chott, justo en el punto de línea imaginaria que separa la provincia de Tozeur, con la provincia de Kebili que pasara sobre la nueva carretera, hay, una isla de tierra. Y si existe tierra…

—Si existe tierra se puede pedir licencia nueva de extracción de sal.

—Claro, pero lo más importante es que se puede comprar.

—Ahora lo entiendo, se podría hacer ahí una explotación de sal y sacar la misma con camiones a gasoil…

—Efectivamente, pero además, el que disponga de la sal de la mitad de carretera, tendrá acceso fácil tanto a nuestra zona al sur, como a las grandes ciudades costeras del norte.

—Y a la capital…

—Si, y a la capital del país. Pero yo te doy esta información por tres motivos importantes, el primero y el que más me importa es demostrarte mi amistad, el segundo, es que casualmente, el propietario de la isla, es un viejo amigo mío del ministerio del desarrollo, que tiene gran interés en que la persona que se haga con la isla, sea un empresario avispado y afín a nuestros intereses.

— ¿Y la tercera?

—La tercera… Te podría contar que tengo gran interés en que esa concesión de sal sea para un habitante de nuestro pueblo, que traerá trabajo y bienestar a nuestras gentes, pero, ahora que estamos intimando, te diré, que aunque te conozco de poco, se que eres un Tuareg, generoso con tus aliados.

—Entiendo a lo que te refieres, y efectivamente, el pueblo tuareg, tiene reglas no escritas sobre la hospitalidad y sobre la amistad para con nuestros aliados.

—Moktar, la amistad es muy apreciada por todos, pero en estos temas, a mi me gusta hablar de generosidad.

—Y así será.

—Así debe ser Moktar, así debe ser. Esta información te va a hacer más rico de lo que eres.

— ¿Y su amigo de la capital, ha decidido ya el precio de ese pequeño terreno?

—Un millón de dinares…

— ¿Cómo? Es una barbaridad, ninguna parcela vale esto. Es un disparate. Además, yo no dispongo de tal cantidad.

—Si me lo permites en honor a nuestra nueva amistad, puedo ofrecerme como mediador en la compra, puedo hacer que mi amigo rebaje un poco sus aspiraciones, pero solo un poco, por que como supondrás toda esta información me la dio el, sabe que dromedario vende. ¿De qué cantidad de dinero dispones?

—Tendría que estudiarlo, pero no creo que pueda juntar más de cuatrocientos mil dinares…

—Bien, con esa cantidad no creo que la mejor explotación de sal, pueda ser tuya, es una pena, me caes bien, y me gusta que mis amigos sean ricos.

—Ni vendiendo el palacete y los camellos de la explotación llegaría a acercarme a esa cantidad…

—Bueno, ciertamente que la cantidad es muy alta. Creo que podría convencerle a que bajara su precio a ochocientos mil dinares.

—Aun así, ni vendiendo toda la heredad de mi suegro llegaría a esa cantidad.

—En eso te equivocas querido amigo, tu suegro tenía otra propiedad que si que haría que pudieras alcanzar esa cifra.

—Qué propiedad tenía mi suegro que desconozco…

—Querido amigo, no la desconoces, ignoras que se puede vender y su valor. La propiedad no es otra que esta vieja explotación de sal y su licencia. Podría interceder por ti ante mi amigo de la capital, para que aceptara en pago, los cuatrocientos mil dinares y la vieja explotación.

—Pero esa explotación es la propiedad de la familia de mi mujer desde hace cientos de años, el sustento de sus antepasados…

—Cierto, pero has de tener sentido práctico de los negocios. Cuando la explotación nueva empiece a mandar camiones de sal a todas las ciudades del norte y del sur, el precio de la sal bajara, el coste de la extracción de tu sal, dependiente de los dromedarios y de su poca capacidad de carga hará que finalmente tengas que cerrar.

—Pero el gobernador vigila la cantidad mensual de sal que se puede extraer…

— ¿Nunca te conto tu suegro como pago la construcción del palacete?

—La verdad es que no…

—Te diré que es sencillo extraer más cantidad de sal para el contrabando con Argelia, pero eso será en otra ocasión. Además, casa de dos puertas, difícil de guardar, tus camiones podrán circular hacia el norte o hacia el sur, y a cualquier hora de la noche por una carretera totalmente recta.

—Interesante, muy interesante.

—Bueno, tengo una reunión importante y estoy seguro que un hombre como tú, sabrá tomar la decisión acertada.

— ¿De qué manera podría conocer esa isla en medio del Chott?

—Es una pena, pero son muchos kilómetros de Sal, nadie lo soportaría, la única forma de verla es con aeroplano. Pero creo que te puedo facilitar esta foto, tomada desde un avión.

—Muchas gracias por la foto.

—Mí querido amigo siento no poder regalártela, es solo un préstamo, porque quizás me hará falta, si no te decides por la compra.

—Muchas gracias por tu confianza Eumda.

—Gracias a ti, necesitare una respuesta en 7 días, si el próximo martes no he tenido noticias tuyas, entenderé que no te interesa el negocio ni mi confianza. Que Ala sea contigo

—Y contigo alcalde.

Moktar salió del ayuntamiento un tanto confundido, la propuesta era realmente buena, pero exigía arriesgar en un solo negocio todo lo que recientemente había recibido.

Era muy cierto, por lo poco que la sabia del negocio de la sal, que el que extraiga más barato, es el que mandara en el mercado. Su extracción era más cara, pero al estar más escondida, también podía extraer mas sal para el contrabando que las de otras ciudades.

Pero si el precio de la sal, bajaba, cosa muy probable con la llegada de una súper explotación bien comunicada, su explotación no serviría de nada.

Decidió consultarlo con su mujer. Le conto toda la conversación con el Eumda. Malika solo hizo una pregunta... — ¿Por qué el propietario no explota la sal el mismo, y para qué querrá la vieja explotación de mi padre?

Pero Moktar la mando callar, tú no sabes de negocios, el propietario de la isla, la ha comprado gracias a una información privilegiada, y querrá venderla de forma rápida y discreta, además preferirá una explotación pequeña y discreta como la de tu padre que una llamativa explotación en mitad de la nueva carretera a la vista de todos. No se para que te pregunto…

Malika callo, una lágrima cayo por su cara. ¿Es que no era capaz su marido, entender que había trampa?

—Por favor mi esposo, piensa, no puedes comprar a ciegas una propiedad por una foto— Suplico Malika.

Te olvidas que tu marido es un Tuareg, y se retiro a dormir.

A la mañana siguiente, ataviado con su turbante azul, y todas las botellas y cantimploras que había en el palacete, cargo al mehari con una estera, una bolsa con comida y todo el agua que pudo trasportar, y se encamino hacia el Chott el Djerid. Decidió encaminarse hacia la ciudad de Bechri, donde le había comunicado el

Eumda que comenzaría la carretera en línea recta hacia la ciudad de Degache. No sabía leer ni escribir, pero sabía leer un mapa sin necesidad de brújula, comprobó la situación de ambas ciudades, trazo una línea mental entre ellas y calculo el ángulo con respecto al norte que debía de seguir, para atravesar en línea recta el temido Chott.

Aunque era primavera, el calor era intenso, busco en las afueras de Bechri, un punto donde la sal no cediera al peso de su Mehari, y se adentro en el desierto de sal.

Para cualquier habitante de la zona, atravesar el Chott era una locura, pero él era un Tuareg, y estaba bien preparado, si aquella isla existía, y si estaba allí, él la encontraría.

Tuvo que hacer noche en la desoladora extensión de muerte, y al día siguiente, dio con la isla. Era una pequeña extensión de arena, asentada sobre roca, una pequeña mancha de poco más de un metro en su parte más alta.

Su alegría fue inmensa, ojala estuviera allí Malika, allí estaba aquel pequeño milagro de la naturaleza. Solo tenía que seguir las pisadas de su dromedario sobre la sal, para ver claramente hacia donde iría la carretera.

Visualizo la zona de aparcamiento de sus camiones, e incluso jugó con la idea de comprar tractores que facilitaran la extracción de sal. Era una oportunidad fantástica que no podría desaprovechar, además, el precio le permitía mantener varias propiedades, entre ellas el palacete, el rebaño de cabras, y sus dromedarios de carga estarían fuera del trato.

Después de tomar notas mentales sobre todo, y decidió pasar allí la noche, en el lugar más solitario del mundo, donde ninguna planta, animal o insecto se le ocurriría pasar.

A la mañana siguiente, después de echar el último vistazo y dar de beber a su Mehari, tomo la dirección norte. Quería ver cuál de las dos ciudades se encontraba más cerca de su isla.

De camino a Degache, la ciudad al norte de la futura carretera del Chott, le asalto una duda, y si no fuera cierto que bajo sus pies fueran a construir una carretera, el coste será muy grande, porque no se puede construir sobre sal, y hay zonas de 4 metros de capas de Sal….

Pensó que alguien en Degache tendría la información de la carretera.

Llego a la ciudad, y decidió buscar la información donde creía que la encontraría, se dirigió al barrio de los orfebres y compro una bonita caja de orfebrería, con filigranas de plata y acabados en oro, realmente espectacular. Y se dirigió con ella al ayuntamiento.

Se hizo presentar como un buen amigo del eumda del pueblo de Matrohua, que portaba un hermoso presente para el eumda de Degache.

No tardo una hora en ser recibido por el orondo Eumda de Matrohua, que cuando vio el regalo, agasajo a aquel extraño tuareg que venía regalando maravillas.

—Es un pequeño presente para Degache, por lo que me ha comentado mi buen amigo el eumda de Matrohua, yo soy un humilde comerciante de mi ciudad, parece ser que en breve nuestro pueblo, podrá acceder con gran facilidad a Degahe, y esperamos abrir buenas relaciones con vuestros comerciantes, ya que como sabéis, Matrohua, es la puerta de la frontera con Argelia….

A lo que el Eumda de Degache, contesto con una gran sonrisa…

—Veo que en Matrohua, estáis muy bien informados, efectivamente, pronto tendremos una carretera que irá desde aquí a Bechri, atravesando el mar de Sal, de manera que nuestras ciudades tendrán un acceso raido y directo, sin tener que hacer el tortuoso camino de rodear el Chott.

—Cierto, esa información conocemos en Matrohua, y parece ser que el origen de esta nueva carretera nacerá desde Degache.

—Así será, esa carretera unirá en norte y el sur de la región, separado por el mar de sal, gracias a ella, el comercio fluirá, y el turismo podrá viajar a las grandes dunas. Sera muy bueno para todos.

—Y sabría decirme el estimado Eumda cuando ha escuchado que podrían comenzar las obras.

—Las noticias que tenemos es que será en el próximo otoño, se quiere evitar el calor del verano, intentaran hacerla entre el otoño próximo y la primavera del próximo año.

—Es un mar de sal pero hay alguna zona de tierra que quieren aprovechar.

—Pues me alegro mucho de conocerle, estimado Eumda, ya vendremos en delegación comercial cuando empiecen las obras. Muchas gracias por su tiempo.

—Por favor trasmitirle al Eumda de Matrohua que estaremos deseosos de recibiros aquí. Y seguro que realizaremos grandes lazos comerciales entre nuestras ciudades...

—Así lo haré, que Ala sea contigo.

—Que Ala sea contigo.

Moktar salió de Degache entusiasmado. No podía dejar de pensar en lo inmensamente rico que serian, tendrían la cantera de sal más grande y más sencilla de extraer, y trasportar sal, compraría dos camiones grandes y potentes, uno para la ruta del norte, hacia la capital y el puerto de Túnez, y otra para el sur, para el resto de África. Y luego compraría mas, y más camiones, y una excavadora gigante. Iba a ser muy rico.

Cuando llego a su pueblo, se dirigió a su casa, no quiso entrar en discusiones con su mujer, simplemente le dijo, —ya he visitado la isla en el mar de Sal, está allí, y voy a comprarla.

Malika no dijo nada, simplemente negó con la cabeza y recogió la cocina.

Abdul, había comenzado a pastorear, era un chico listo y aunque su padre había contratado a un pastor para que le enseñara el oficio, Abdul ya manejaba el rebaño, no sin dificultad, era muy joven aun y aquello era más duro de lo que podría parecer.

En su tiempo libre se lamentaba de su mala suerte. Su padre le había explicado que él era descendientes de las tribus más fuertes del mundo y que tenía que aprender de la vida del pastoreo. Pero el, deseaba seguir estudiando, le fascinaba todo lo que le enseñaban en la escuela de Corán, y le entristecía dejar tan pronto los estudios.

Su padre le había dicho, que con leer, escribir y hacer números era más que suficiente. Y también le dijo que el pastoreo será algo provisional, que más adelante, empezaría desde abajo en la cantera de Sal

A él no le gusta ni lo uno ni lo otro, el quería estudiar, le fascinaba ver a los profesores ser capaz de explicar la lección solo con las ideas de cosas que tenía en la cabeza, era un poder increíble tener esa sabiduría.

Ya tenía 14 años y aunque el pastoreo al principio le gustaba, pronto le pareció una estupidez, una pérdida de tiempo. Y en esas horas de soledad entre pastos y cabras, se prometió a sí mismo, que cuando fuera mayor de edad, cambiaria su vida, no quería ser un Tuareg, no lo era, ni quería ser el jefe de una cantera de Sal Quería conocer, quería salir y viajar.

Moktar lo tenía todo planeado, Abdul, su hijo, aprendería a ser pastor, y él le acompañaría cuando pudiera y le enseñaría las cosas que debe saber un Tuareg, aprendería a saber cuando viene una tormenta de arena, a encontrar agua bajo tierra, a saber alimentarse durante días en la hammada, a cazar el antílope… a ser un digno Tuareg… Pero la educación de Abdul tendría que esperar, estaba ante la oportunidad de su vida y debía concentrarse en hacer bien las cosas.

Lo primero que decidió Moktar, debido a que no sabía leer ni escribir, fue buscarse un letrado, contacto con el único que había en la ciudad, un tal Ali, Y le explico el negocio que pretendía realizar.

Moktar le explico a Ali que pretendía comprar un sitio privilegiado si más explicaciones a cambio de 400.000 Dinares y la vieja explotación de sal de sus suegro.

Ali se maravillo, cuantas hectáreas de terreno serian para pagar una cantidad tan elevada. Moktar le dijo que eso era toda la información que le podía facilitar pero que no era un terreno muy grande, si no muy estratégico. A lo que el letrado no quiso añadir más, Sabia que el negocio se hacía por intervención de su mejor cliente, el Eumda de Matrohua.

Después de explicarle lo que necesitaba al letrado, se encamino a ver al Eumda.

—Querido Moktar, como estas, justo a tiempo, tal como quedamos, he podido apalabrar el precio que hablamos en nuestra última entrevista. No ha sido fácil, no… El propietario de la isla sabe lo que tiene y lo que valdrá, me ha costado mucho llegar al precio de los 800.000 dinares pactados. Además acepta la valoración de 400.000 dinares por la vieja explotación de sal.

—Hola estimado Eumda, te traigo saludos del Eumda de Degache, arde en deseos de conoceros en persona y…

—Veo que eres una persona muy concienzuda, con que has ido a Degache para comprobar la información sobre la carretera ¿verdad?

—No señor, la verdad es que fui a visitar la isla del Chott el Jerid, y ya de paso me acerque a Degache…

—Pero como, nadie en su sano juicio iría al corazón del lago de sal, es un lugar infernal, un calor insoportable, desolación y sal.

—No olvidéis que soy un Tuareg, yo con mi Mehari visitamos el corazón del Chott

—Y decirme, ¿que visteis allí?

—Efectivamente la isla existe, es más pequeña de lo que pensaba y por lo que me han contado, la carretera la atravesara por la mitad, con lo que el terrero es muy pequeño.

—Bueno, lo importante es la situación privilegiada donde se encuentra…

—Cierto, pero el terreno es demasiado pequeño, minúsculo, apenas cabra un punto de extracción, lo que no la hará tan rentable.

— ¿Dónde quieres ir a parar?

—En el precio, — dijo Moktar — es demasiado para tan poco terreno.

—Pues te diré, querido amigo que me costó mucho, convencer al propietario de que bajara los 200.000 dinares, y que aceptara y valorara tu pequeña explotación en 400.000 dinares.

—Con tiempo, podría venderla por mucho más…

—Pero no solo no hay tiempo si no que no hay margen de maniobra…

—Hay una cosa que no entiendo, —dijo Moktar, — ¿Por qué el vendedor acepta vender una explotación de sal pequeña, si podría tener una más grande y mejor situada?

—Es evidente querido amigo, el ha comprado la isla, a bajo precio, gracias a información privilegiada, y quiere quitarse la propiedad de en medio para que no sea evidente. Y le convencí para que aceptara la vieja explotación, porque es un negocio que ya funciona, está funcionando y el, que vive en la capital, no tiene que molestarse ni en venir a verla. El no entiende el negocio de la sal.

—Parece lógico. Pero el precio deberá rebajarse…

—Ya te adelanto querido amigo, que el precio final está cerrado, no bajara. Ya ha rebajado una gran cantidad de dinero. Si no os interesa, decirlo ahora y negociara con otros compradores.

—No, no será necesario.

—Bien, pues ya sabes lo que hay que hacer, trae el dinero y los papeles de la concesión de sal y cerremos el negocio cuanto antes.

—Bueno, he contratado a Ali, para que se encargue del papeleo.

—Pero hombre, no era necesario, lo podíamos hacer nosotros directamente sin chupatintas.

—Señor Eumda, soy iletrado, apenas se hacer una seña como firma, para mi es necesario.

—Está bien, así lo explicare al vendedor, no le gustaría hacer negocios si nota en ti, alguna desconfianza…. Sea pues, pero los costes de Ali correrán por tu cuenta. Me pondré en contacto con él, para organizarlo todo.

—Muchas gracias señor Eumda. Ala sea contigo

—Ala sea contigo.

Moktar se dio cuenta que había sido un poco necio al contratar al letrado de su pueblo, Ali hacia continuos negocios con el Eumda. ¿Pero, qué problema había?, estaba todo claro…

Aun así, decidió ir a hablar con Ali, y le explico todos los pormenores de la operación.

Ali, escucho atentamente, y le recomendó añadir una clausula en el contrato de compra venta, por el cual, si no se realizaba la carretera, al operación se desharía.

A Moktar, le pareció una grandísima idea. Así nada podría fallar. Esa fue la garantía que le termino de convencer. Y le pidió que preparara los papeles.

En menos de una semana, estaba todo hecho.

Abdul presencio la discusión de sus padres. Su madre Malika, lloraba desconsolada…

—Has cambiado la herencia de mi padre por un cacho de tierra, en mitad del desierto de sal…

—Tú no entiendes nada, cuando se haga la carretera, pediré la licencia de explotación de la cantera en el corazón del mar de sal y tendremos la sal más limpia y fácil de extraer y trasportar, seremos ricos…

—Donde se ha visto que se haga una carretera en medio del Choff, es una locura.

—Si se hará la carretera, lo he comprobado, además si no se hace, el trato se rompe, está reflejado en el contrato y la ley les obligara a devolvernos hasta el último Dinar.

Pero a Malika nada la convencía y Moktar lo dejo por imposible. El no tenía que dar explicaciones a nadie. Había tomado todas las precauciones, nada podía fallar.

Y efectivamente, en otoño comenzó la obra de la carretera, empezaron de norte a Sur. Sería una obra faraónica, nada más empezar la obra, encontraron de las capas de sal, eran tremendas, casi 5 metros. Cada metro de los 60 km de carretera tendrán que escavar 4 o 5 metros de profundidad de sal, y rellenarla de tierra y hormigón. Una tarea tremenda.

Moktar estaba contento, cuando empezó la obra conoció que empezaban por Degache, de esa manera llegarían antes a su propiedad, a su isla.

Malika estaba más calmada, habían pasado unos meses desde que su marido entrego 400.000 dinares y la cantera de sal de su padre. Al menos había empezado la obra de la carretera, era el tema de conversación favorito del pueblo, se decía que en menos de un año estaría terminada.

Menos mal, porque habían tenido que vender el palacete para reunir los 400.000 Dinares, y habían vuelto a su casa de recién casados, pero con un hijo y su madre. Tenían dinero justo para pasar un año y el rebaño de Abdul, no paraba de crecer. Las cabras estaban contentas y se reproducían al cuidado de su hijo.

El letrado Ali, además tuvo la idea de sacar del acuerdo de cesión de la cantera, una gran cantidad de sal que Moktar tenía acumulada, para cuando surgiera la ocasión de un pedido grande de contrabando o simplemente subiera el precio de la sal. Moktar vendía según la necesidad la sal y así iban tirando hasta poder tener nueva sal del corazón del Choff.

Pero la carretera no avanzaba al ritmo esperado. La profundidad de 5 metros de sal, retrasaba mucho el avance, y tamaña cantidad de sal que salía de la construcción, saturo los mercados de sal, y el precio se cayó en picado.

Y llego el verano y las obras se pararon. El calor en el Choff el Jerid es inhumano, durante 3 meses de verano, las obras se abandonan, estaba previsto que a final de la primavera se terminaría la construcción, pero la profundidad del mar de sal era mucho mayor de lo esperado y la cimentación era muy compleja.

Al final del verano, la situación económica de la familia de Abdul estaba en precario. Moktar no vendía sal, las reservas de dinero se estaban acabando y prácticamente el dinero que entraba en la casa provenía del rebaño de Abdul.

Moktar se entero que su antigua explotación de sal, termino siendo propiedad del alcalde, debió haberlo imaginado desde un principio, pero se consoló sabiendo que el precio de la sal estaba por los suelos, y la vieja explotación bajaría mas cuando el pusiera en marcha la suya en el corazón del Choff.

La construcción de la carretera se reanudo en otoño, y aunque las obras iban muy lentas, la carretera seguí avanzando en dirección a su pequeña isla.

No le sorprendió que le llegara la notificación del estado que la carretera pasaría por encima de su propiedad, según le informo Ali, el documento debía de aceptar y firmar el derecho de paso en su propiedad de la carretera. Si no lo firmaba, el estado se lo expropiaría pagando un precio ridículo por él. Firmo.

La carretera atravesó por un lateral su pequeña isla, era lógico que los ingenieros pasaran la carretera por la isla, porque era tierra firme sin sal que escavar y se encontraba en una zona donde la sal apenas tenía 3 metros de profundidad, los trabajos de la carretera se avanzaron mucho más rápido al cruzar la isla. Moktar estaba muy contento, todo parecía ir bien y pronto se terminaría la construcción, pero estaba en las últimas y necesitaba dinero para emprender la nueva explotación.

Las cabras de Abdul permitían a la familia seguir viviendo pero de forma muy ajustada. Y aunque el muchacho deseaba volver a los estudios, sabía que ahora estaba manteniendo a la familia con sus cabras y no podría dejar su trabajo, se consolaba pensando que cuando se terminara la carretera, su padre volvería a ser solvente y ese sería el momento de plantear dejar el pastoreo. Se estaba haciendo mayor y hacer de pastor no le satisfacía, pero pasar hambre tampoco.

El día fatídico llego. La carretera estaba prácticamente terminada, Moktar tuvo que vender la mansión de la familia de su mujer y volver a su antigua casitas, necesitaba el dinero para la construcción de su nueva planta de extracción. Se dirigió a las oficinas gubernamentales de Matrohua, con el registro de la propiedad de su isla, para solicitar los permisos de extracción. Espero su turno hasta que el funcionario pudo atenderle.

—Buenos días, vengo a solicitar una licencia para instalar una factoría de extracción en el Choff, en un terreno de mi propiedad.

—Perfectamente señor, ¿sabe que las licencias son muy complicadas de conceder?, el terreno tiene que ser inspeccionado por un grupo de expertos que estudiaran el terreno, la cantidad disponible y la calidad de la sal…

—Si lo sé, he sido el propietario de otra instalación y conozco los requisitos, pero mi terreno tiene la más pura sal y en cantidades ingentes. No me pondrán pegas.

— ya pero con la construcción de la carretera ha puesto en el mercado cantidades ingentes de Sal de la mejor calidad, y el estado la está vendiendo a un precio muy bajo, por lo que el mercado está muy saturado, por lo que el ministerio está muy reticente a dar más licencias…

—Lo sé, pero tarde o temprano esa sal se venderá y el mercado volverá a subir…

—Pero lo que usted no sabe, es que el alcalde de la ciudad ha comprado una pequeña explotación que hasta ahora sacaba la sal con dromedarios y acaba de ordenar la construcción de una carretera para poder extraer la sal y trasportarla con camiones, podrá triplicar su producción en 6 meses.

—Maldito estafador, como le permitirán que se haga una calle para hacerse millonario….

—Por lo visto la construcción de la calle estaba aprobada mucho antes de que la explotación fuera suya, no ha sido orden suya.

El hijo de mil chacales sabía que mi explotación tendría una calle y por eso busco como comprármela…. Pensó Moktar.

—En cualquier caso, quiero hacer la solicitud de una nueva explotación en mi terreno, cuando conozcan la ubicación los expertos me la concederán sin dudar.

—Muy bien, deme el registro de la propiedad y pondremos en marcha el proceso. Y se puso a hojear los documentos de propiedad…

—Pero, esto está en mitad del Choff…

—Correcto es una isla de tierra, rodeada por la mejor sal de África.

—Pero usted no sabe que el Choff ha sido declarado parque natural, es intocable, allí no podrá construir una factoría de ningún tipo, no puedo ni cursar la solicitud…

—Pero como puede ser eso, no puede ser, debe de haber algún error…

—No hay ningún error señor, la carretera se ha construido precisamente por eso, es una vía de comunicación imprescindible, el Choff tenía separado el norte del sur, y en la capital, querían convertir el Choff en parque natural desde el tiempo de los franceses. La carretera se ha hecho antes de que sea declarado parque natural, porque después, no se podría construir… La idea es traer el turismo del norte, de las playas de Túnez al sur, a que conozcan el desierto y el Choff es el camino para llegar.

—Pero habrá alguna manera de…

—Lo siento señor, pero es imposible, no podrá construir una extractora de sal dentro de un parque natural, solo se respetaran las licencias anteriores al nombramiento...

—Pero todavía no se ha declarado parque natural el Choff….

—Ya, pero esta aprobado por el consejo de ministros desde hace mas de 1 año y la carretera se va a inaugurar el próximo viernes. No hay nada que hacer, su isla no vale nada.

—No puede ser, tiene que haber alguna solución, me han engañado, me han robado…

Y en ese momento, Moktar noto como su corazón le daba una terrible punzada y cayó en redondo.

Malika, la viuda de Moktar no podía salir de su depresión, su vida había cambiado de forma radical, quería a Moktar y su muerte, después de haber descubierto que había sido engañado, la llevo a una depresión profunda.

Habían tenido que vender su mansión y volver al pisito donde empezaron, tenía que hacerse cargo de su madre que tenia demencia senil, y dependía para vivir de su hijo que ya tenía 19 años y seguía siendo pastor. No podía entender como se había encontrado en esa situación.

Abdul, ya no era el chico risueño de siempre, la muerte de su padre le había obligado a madurar, ya nunca podría estudiar, ahora su madre y su abuela dependían de él.

—Abdul, ven por favor, quiero hablar contigo.

—Dime madre, ¿estás mejor?

—No tengo más remedio que estar mejor hijo, nuestra situación no nos permite que viva hundida en mi miseria, tengo que cuidar de la casa y de la abuela…

—Lo sé mama, no quiero verte sufrir más, las cosas tienen que mejorar.

—Abdul, a partir de ahora tu eres el hombre de la casa, a partir de ahora, eres el cabeza de familia, tú decides las cosas que hay que hacer a partir de ahora, yo solo te pediré que cuando te cases, te sigas haciendo cargo de mi y de la abuela. No necesitaremos lujos, solo un sitio limpio donde dormir y algo para meter en la cazuela.

—Madre, no tendrás que preocuparte nunca de que os falte nada, no he podido estudiar pero se trabajar y tengo muy buenas ideas, solo te pediré que confíes en mi, aunque creas que me equivoco, confía en mí.

—Está bien hijo, tu sabes que yo confió en ti, soy una mujer sencilla, solo entiendo de las cosas de casa, aquí está el dinero que saco tu padre de la venta de la mansión, es mucho menos que lo que valía, pero tu padre por las prisas, la malvendió. Úsalo con inteligencia es lo poco que nos queda.

—Madre, confía en mí, no dudes de mi, sabré salir adelante y conseguiré que volvamos a vivir bien.

El viernes se inauguro la carretera que atravesaba el Choff, la carretera permitiría unir el sur desértico con el norte del país sin tener que rodearlo.

Lo primero que hizo Abdul, fue vender su gran rebaño de cabras. Eran 74 cabras, todas sanas y bien cuidadas, no tuvo problemas en conseguir un precio justo.

Lo siguiente que hizo, fue comprarse un coche, un bonito Citroën Dyanne 6 de segunda mano con apenas un año. Estos dos movimientos no le gustaron a su madre, pero cumplió con el acuerdo de no cuestionar sus decisiones. Malika no podía evitar pensar que quizás su hijo no estaba preparado para llevar adelante a su familia, quizás era demasiado joven, pero siempre había demostrado ser un niño muy listo, tendría que confiar en él.

Una vez en posesión de la licencia para conducir, se encamino hacia la dichosa nueva carretera del Choff, y se encontró una larguísima recta de un asfalto muy negro que destacaba sobre el intenso blanco del mar de sal, absolutamente plano. La carretera se elevaba como un metro sobre el nivel de la sal y la verdad es que era sobrecogedor el atravesar la carretera del inhóspito desierto de sal.

Y justo a la mitad del trayecto, se encontró con su heredad, una pequeña porción de tierra en mitad de millones de toneladas de sal. La isla era alargada en el mismo sentido de la carretera, más o menos unos 100 metros de largo por unos 30 de ancho.

Abdul, paro su coche, estaciono en la isla que le había costado la vida a su padre y se sentó en una roca que había frente a la inmensa planicie.

El blanco de la sal, alumbrado por el sol africano hacía daño en los ojos, pero sus nuevas gafas de sol hacia que no le molestara. Al fondo del infinito blanco, se veían las siluetas de unas montañas lejanas de color gris, que contrastaba con el blanco inmaculado.

Realmente es hermoso, pensó. Tan inútil como hermoso. Es como un mar muerto, un lago infinito de sal, sin un solo punto que rompa la inmensa vista de kilómetros blancos.

Después de ver el espectáculo único del atardecer, decidió proseguir hacia el norte en vez de volver atrás. Estuvo como 5 horas allí sentado, lo que más le llamo la atención es que esta carretera con apenas 3 días abierta, tenía un tráfico tremendo, es normal que todos los vecinos de la zona hayan querido venir el fin de semana a ver esta gran obra de ingeniería y de paso conocer por dentro el hasta ahora impenetrable mar de Sal

Llego de noche al otro extremo, a la ciudad de Degache. Busco un hotel baratito. Cuando se registro, vio que en recepción tenían un cartel que decía que el hotel estaba en venta y le sorprendió.

— ¿Cómo es eso de que vende el hotel? Le pregunto al recepcionista.

—Pues con la nueva carretera, he pensado construir un hotelito en el sur, a las puertas del desierto, creo que habrá oportunidades de los turistas que vayan a conocer aquella zona.

— ¿Usted cree que los turistas irán al desierto?

—Si, Túnez te permite bañarte por la mañana en la playa y ver el Sahara por la tarde, y a los turistas les gusta el desierto.

A la mañana siguiente, Abdul salió con su coche hacia el norte, quería ver de cerca el mar y de paso ver a los turistas para saber cómo eran, le llamaba mucho la atención de esas personas que viajan para ver cosas normales como el desierto….

Llego a Túnez capital y se fue directamente al paseo marítimo, se bajo del coche y se sentó en la arena de la playa, se quedo contemplando el mar, tan grande, tan azul, tan vivo. Y entonces lo entendió. A él le fascinaba ver el mar, tanto, como a un "turista" ir a ver su Erg de arena. Si él hubiera sabido que el mar era tan impresionante, hubiera viajado antes para verlo. Tiene sentido pensó, viajar para ver el mar. Más adelante tendría que volver con su madre para que también pudiera verlo.

Pregunto a un paisano, que donde estaban los turistas, y este le indico que donde mas había era en una colina llamada Sidi bou Said, y siguiendo sus instrucciones, allí se dirigió.

Se encontró en un pueblecito precioso de casas blancas y puertas y ventanas azules, con increíbles vistas sobre el mar, que era mucho más grande de lo que había imaginado, mayor incluso que el Sahara.

Increíbles vistas sobre el mar, que era mucho más grande de lo que había imaginado, mayor incluso que el Sahara.

Y también vio a muchas personas diferentes, raras… Rápidamente los identifico como turistas….

Había gentes con el pelo amarillo, marrón y hasta rojo. Las mujeres llevaban el pelo suelto, a la vista, pero no parecían prostitutas, eso sí, tremendamente atractivas, no salía de su asombro. Vestían raro, con pantalones de colores, camisas abiertas y lo que más le llamo la atención era que todos los turistas parecían muy felices, siempre sonreían, hacían mucho ruido, reían, hablaban alto. Estaba claro, los turistas eran la gente más feliz que había visto nunca.

Decidió ir a un restaurante, nunca había comido pescado y le gusto mucho, aunque no era mejor que la carne, estaba sabroso. Vi a muchos turistas comer allí, bebían vino y hablaban en otro idioma que no entendía, pero eran amables con el camarero y dejaban propinas muy altas.

Todo lo que vio en Sidi Bou Said le gusto, tanto que busco un hotel en la colina. Le gustaba todo lo que veía.

A la mañana siguiente, desde su ventana del hotel, se fijo en el puerto y decidió ir para allí.

Desde pequeño le habían fascinado las maquinas y nada le pareció más grande ni más impresionante que un barco.

El puerto de Túnez tenia gran ajetreo de todo tipo de barcos, había barcos de pasajeros, cruceros, y barcos de mercadería de todo tipo, decidió acercarse a un muelle donde estaban cargando un barco con grúas, metiendo grandes cajas en las tripas de aquel inmenso buque de carga.

Decidió pedir permiso para ver cómo era un barco de estos por dentro, pero le explicaron que no podía subir a bordo, que no estaba permitido. Se sintió frustrado, el necesitaba entender como aquel bloque de metal no se hundía en el mediterráneo, y cómo era posible que avanzara.

Después de intentar entrar en varios barcos sin éxito, se dio por vencido, y saliendo del puerto, vio una explanada en la que estaba abandonado un pequeño y viejo barco mercantil, tremendamente oxidado pero al estar fuera del agua y sin vigilancia, decidió visitarlo.

Lo primero que le llamo la atención fue el tamaño del casco fuera del agua, para ser un barco pequeño, era tremendo. Se fijo en las hélices que asomaban por la popa y rápidamente encendió como se movería el barco, se asomo a la proa, el barco se llamaba John Hope. Le llamo la atención la fortaleza de la quilla.

Al darle la vuelta al barco, se encontró con un gran agujero en el costado y decidió que era el sitio perfecto para entrar, lo primero que vio, fue los grandes motores y más adelante, vio unas escaleras que le permitiría subir a la cubierta…

— ¿Dónde cree que vas?— Espeto alguien a su espalda…

Se dio la vuelta y se encontró de frente con un viejo marinero armado con una llave fija de gran tamaño.

—Lo siento, disculpe mi atrevimiento, hoy es la primera vez que veo un barco y no he podido resistirme a ver por dentro uno, creí que estaba abandonado…

—Pues no, no está abandonado, este barco es mío, y vivo aquí desde hace 15 años.

—Perdone señor, seria usted tan amable de enseñarme el barco, me gustan mucho los barcos y no sé ni cómo funcionan.

El viejo marinero, a regañadientes al principio, comenzó a enseñarle el barco, según veía el interés y las preguntas de Abdul, le viejo se iba emocionando…

—Yo comencé a trabajar en el John Hope cuando era casi un niño, me escape de casa después de hacer una trastada y con 14 años me embarque sin pensármelo, huyendo de la correa de mi padre. He trabajado en este barco toda mi vida. Cuando el barco embarranco, lo sacaron del agua con una gran grúa, y lo trajeron aquí con un camión especial, cuando el perito hizo el informe de reparación, lo mandaron a Bélgica, donde estaba la propietaria del barco, vino un señor de allí, y me dijo que el barco nunca más navegaría, le dije que iba a ser de mi, que me pagaran una compensación, entonces me dijo, si quieres el barco, te lo regalamos, es tuyo. Y me dieron un papel que dice que el barco es mío, y decidí, vivir en el.

— ¿Y cómo es la vida en un barco en tierra?

—Pues al principio me gustaba mucho, tenía mucho espacio todo para mi, y las cosas funcionaban, tenia electricidad, hasta agua para lavarme, pero ya todo está roto, se ha oxidado, no se puede arreglar. En invierno paso frio y en verano mucho calor.

— ¿Y por qué no lo vende y se va a una casa?

—Eso me he preguntado muchas veces pero no sé porque sigo aquí. Si vendiera el barco, lo desguazarían y desaparecería el John Hope. El terreno en el que esta es del puerto y hasta ahora no me han puesto pegas, pero el puerto cada vez crece más y es cuestión de tiempo que algún día me digan que lo tengo que quitar de aquí.

—Abdul le dio muchas gracias por la visita y por todas las explicaciones, había conocido a una persona muy peculiar y la maquina más grande que había visto nunca.

Ceno en el hotel, curioseando a los turistas y se fue a la cama, pero no pudo dormirse, dándole vueltas a una misma idea.

A la mañana siguiente, se levanto temprano, pago la cuenta del Hotel y se fue al puerto, en busca del viejo Marinero del John Hope.

—Hola, buenos días, quizás sea la mayor estupidez que he hecho nunca, pero, te compro tu barco.

De nuevo se dirigió al sur, durante todo el camino, no paro de darle vueltas a lo mismo, ¿he hecho un disparate mayor que el de mi padre cuando compro la isla? Como se kilo explicaría a su madre… La compra estaba hecha, pero si daba la vuelta, a lo mejor convencería al viejo que deshiciera el trato y le devolviera el dinero.

Llego a la carretera que atravesaba el Choff de sal, y como no, paro de nuevo en la isla, y se sentó en la misma piedra… Era martes, pero había una familia del sur que habían parado a ver el desierto de sal.

Abdul se quedo un buen rato allí sentado esperando el atardecer, la familia se fue, y Abdul se dijo en voz baja, —"no, no es ninguna estupidez"

Después de cenar, le conto a su madre que había comprado un barco oxidado y roto, cuando se lo explico, Malika pensó que estaba bromeando, sabia el concepto de lo que era un barco, pero no era consciente del tamaño. Cuando Abdul, le dijo, lo que había gastado en el barco, Malika, se quedo petrificada, se levanto y se fue a su dormitorio con una lagrima en los ojos.

Al día siguiente, Abdul se dirigió al ayuntamiento con el certificado de propiedad de la isla, y solicito información sobre permisos de obra.

Después se dirigió a un contratista y negocio con él, la construcción de un pequeño bar en mitad de la nada, una zona de aparcamientos y una terraza elevada en forma de mirador, con una pérgola parasol, servicios y una pequeña tienda.

Cuando el contratista supo el lugar donde Abdul quería construir todo aquello le dijo directamente que estaba loco.

— ¿Un café en medio de la nada?, que sentido tiene, allí nadie parara, hace demasiado calor y la sal es mala para los coches y la mecánica.

—Hagamos una cosa, vayamos mañana allí y le enseñare el sitio y así podrá tomar medidas.

—Ok, pero no me comprometo a hacerle la obra por ir a verlo. Se dieron la mano y se emplazaron a la tarde siguiente para ir a ver aquello.

—Durante el camino de ida, el contratista le dijo de muchas formas diferentes que aquello era una locura, que nadie pararía, que no había luz eléctrica, etc., etc.

Llegaron justo cuando de frente a ellos, venia un pequeño autobús, que paro y de él se bajaron un nutrido grupo de turista que rápidamente se bajaron y empezaron a hacer fotos del desierto de Sal Incluso una guapísima alemana les pidió permiso para hacerse una foto con ellos.

El autobús se fue, comenzó un atardecer rojo, Abdul y el contratista se quedaron en silencio y el contratista se puso a tomar medidas del terreno.

En el camino de vuelta, el contratista estaba entusiasmado, decía que sería la cafetería más bonita que hubiera hecho nunca, su obra maestra.

— ¿Como se le ocurrió comprar esa isla?, ¿le habrá salido muy barata?

—La isla la compro mi padre antes de que se hiciera la carretera y que se protegiera la zona como parque natural, pero el precio fue muy alto, el Alcalde le engaño, y le pidió a cambio la pequeña explotación de sal que tenia la concesión la familia de mi madre desde hace varias generaciones.

—Pues has de saber que la jugarreta del alcalde no le ha salido nada bien, él sabía antes de quedarse con la explotación de tu familia que llegaría una calle hasta la explotación y utilizo esa información preferente en su beneficio.

—Ha comprado una gran excavadora, y varios camiones. Quería ser el mayor productor de sal del sur de Túnez.

—Pero las demás explotaciones se enteraron a tiempo, y se dirigieron directamente al ministerio en Túnez ciudad, y después de soltar aquí y allá, han conseguido que, después de la bajada tan tremenda del precio de la sal por la construcción de la carretera, les han asignado a cada explotación, una cantidad máxima de sal en función de las ventas del año anterior, por lo que el alcalde se ha gastado una fortuna en engrandecer la factoría, comprar maquinaria, excavadora, camiones, para sacar la cantidad de sal que sacaba tu padre por el viejo sendero con los dromedarios.

A lo que Abdul respondió:

—Que Alah sea adorado por siempre, que alegría me da el saber que se ha hecho justicia con ese alcalde corrupto, porque esta estafa le costó a mi padre la vida y a mi familia su gran casa y comodidades.

El alcalde de Matrohua, por puro rencor, puso todas las pegas posibles para otorgar la licencia de construcción del café en la isla, pero el constructor fue muy listo, se fue a ver al Alcalde y le dijo que la isla estaba en la ciudad que su legitimo propietario decidiera, en mitad de la nada y prácticamente equidistante entre las ciudades de Degache y Matrohua.

—Si en Matrohua no nos dais la licencia de la cafetería, iremos a Degache, que nos la darán de mil amores, y oficialmente la isla será terreno de Degache y los impuestos se pagaran allí.

Finalmente el alcalde no tuvo más remedio que entrar en razón y conceder la licencia, no sin antes decir:

—Ese trozo de tierra arruino al padre y arruinara al hijo, una cafetería en mitad de un   desierto donde no hay ni lagartos. Locos….

La obra comenzó sin contratiempos, el contratista le dio prioridad. Abdul iba todos los días a la obra y trabajaba como un obrero más.

Había intentado convencer a su madre para que fuera a ver las obras, pero esta, con la escusa de cuidar de la abuela, no quiso ir. Estaba convencida que su hijo había perdido la razón, ¿una tienda y una cafetería? ¿En mitad de la nada?

Abdul sabia que todo el pueblo de Matrohua estaban pendiente de él, pensaban que aquel medio tuareg había perdido la sesera, y eso mortificaba a su madre, Abdul había cerrado el precio de construcción de la cafetería con el resto de dinero que quedaba de la venta de la mansión y por eso se ofreció como obrero, para abaratar la construcción.

El constructor que se llamaba Mohamed y Abdul se hizo amigos, iban juntos a trabajar en el coche y se palpaba que Mohamed se había involucrado plenamente en el proyecto y realmente estaba haciendo un buen trabajo con la cafetería, la tienda y el mirador. Por eso, cuando desde el ministerio de economía, les enviaron un inspector para ver que estaban construyendo en el corazón del parque Natural, ambos defendieron de igual manera el proyecto.

—Señor inspector, le aseguro que toda la construcción se rematara imitando las construcciones tradicionales del sur, con adobe encalado, quedara realmente como parte del paisaje.— Afirmo Mohamed mientras le mostraba su obra.

—Perdone pero una construcción dentro del parque natural debe de ser aprobada por el ministerio, nos han avisado del ayuntamiento de Matrohua que está construyendo un negocio cualquiera sin sentido.

A lo que Abdul respondió:

—Señor inspector, con todos mis respetos, según tengo entendido, el Choff se ha convertido en parque Natural, para protegerlo y que sea un gran reclamo para los turistas, ¿es así?

—Muy cierto.

—Y esta carretera se ha construido para que los turistas puedan acceder a la zona del sur atraídos por el desierto.

—Ciertamente, así es.

—Y si miramos alrededor, este punto es el idóneo para conocer y admirar la belleza de este lugar, tendremos unos cuartos de baño grandes y modernos, donde los turistas y los tunecinos puedan parar, un mirador desde donde contemplar una preciosas vistas y un lugar donde refrescarse en los días del calor del verano. ¿No cree que el café del mar de sal, sea una buena idea?

— ¿El café del mar de Sal? La verdad es que suena bien, me han convencido. Otra cosa es que sea rentable, no me gustaría encontrarme este edificio vacío y abandonado dentro de unos años…

En ese momento, intervino Mohamed…

—Señor, soy el propietario de una conocida constructora en Matrohua, y puedo garantizar por escrito que si en los próximos 10 años, el café del mar de sal, dejara de trabajar, mi empresa se encargaría de desmantelarlo y dejar la isla en su estado original.

—Siendo así, Señor, no pondremos ninguna objeción, mandaremos un informe al ayuntamiento afirmando que tienen nuestro apoyo en el proyecto, le hare llegar el documento que acredite su compromiso. Les deseo que Alah bendiga su proyecto.

—Que Alah así lo haga, muchísimas gracias inspector.

Por fin, un día Mohamed le dijo a Abdul,

—Estamos listos, esta semana podrás abrir…

A lo que Abdul, respondió, —todavía le falta un detalle al Café del Mar de Dunas…

Les ilusionaba que algunos autobuses y coches con turistas se detenían a ver si estaban ya abiertos, pero otros muchos autobuses no paraban….

Al día siguiente, Abdul convenció a su madre para que fuera finalmente a conocer el café del mar de sal y la isla sobre la que estaba construida.

Cuando Malika, vio lo bonita, amplia y practica que era la cafetería no pudo por menos que felicitar a su hijo y a Mohamed, le gusto todo, el mirador donde los turistas tomarían algo fresco mientras contemplaban la inmensidad de sal, los baños amplios y limpios, el comedor acristalado con ventiladores en el techo.

—Todo esto es realmente bonito, pero aunque el choff es muy impresionante de ver desde el mirador, no veo por que pararan aquí.

A lo que Abdul, respondió…

—Madre la razón, creo que está llegando por la carretera desde el norte en ese momento.

Malika, Mohamed y los obreros que se habían unido a la inspección de la madre de Abdul a su obra, miraron a la vez hacia el norte

Se quedaron sin palabras.

Sobre un camión de enormes dimensiones que casi ocupaba los dos carriles de la carretera, llegaba el John Hope.

Se frotaban los ojos para ver mejor aquella visión increíble, el barco navegaba sobre el mar de sal, poco a poco el camión llego a la isla, en la cabina del camión, venia el viejo marinero que había habitado en el barco, y detrás del buque, venia otro camión igual de gigante con una grandísima grúa.

—Tal como prometí, aquí te entrego mi casa, ha costado un poco traerla aquí, hemos tardado 2 días en llegar, pero que maravilla de sitio para traer al John hope, se hará famoso.— Dijo el viejo, a lo que Abdul respondió.

—La idea es que cuando alguien contemple el choff, la gente entienda que hace miles de años, esto era un mar.

A lo que Mohamed añadió, —además de llamar la atención de los turistas, — mientras veía que un autobús grande estaba buscando la forma de entrar al aparcamiento. Los turistas no podían esperar para bajar del autobús y tiraban fotos desde los cristales.

La madre de Abdul, empezó a llorar, abra que servirles un te aunque sea a estos señores, este primero se lo va a regalar Malika.

Así que se pusieron manos a la obra, Abdul le indico al operario de la grúa donde tenían pensado poner el barco y con la proa mirando hacia la cafetería a una distancia de unos 250 metros, en el lado contrario al atardecer, Abdul no quería que nada distrajera la vista de aquellos atardeceres rojos.

El guía que conducía a los turistas, antes de continuar viaje, pidió conocer al propietario del café del mar de sal.

—Estimado señor, dijo el guía, ha tenido una idea grandiosa, esta cafetería esta en el punto justo para nuestros viajes, y el barco en mitad de la sal, hace que el mar de sal, se convierta en un punto más de interés para nuestros clientes. Sería tan amable de facilitarme una tarjeta con su teléfono.

A lo que Abdul respondió, —muchísimas gracias, en breve también serviremos comidas, aquí tiene mi teléfono, pero llámenme antes de las 09 de la mañana por que a las 10, estaré aquí, y no hay teléfono.

El guía no consiguió convencer a los turistas que montaran en el bus, hasta que la grúa no termino de poner en su sitio el John

Hope, y cuando estuvo finalizada la maniobra del atraque final, todos aplaudieron un largo rato.

Los turistas hacían cola para fotografiarse con el impresionante Mehari blanco de Moktar, que Abdul había mandado traer para la improvisada inauguración. De alguna manera el sueño de su padre se estaba cumpliendo y a través de aquel imponente dromedario, estaba presente.

Una de las fotos que hizo el guía, termino siendo portada de la presse de Tunesste, diario de tirada nacional, que hizo que el fin de semana, cientos de habitantes del norte y del sur de el Choff, fueran a ver el "barco de Abdul el loco"

Aunque el alcalde de Matrohua, maniobro para intentar que se retirara el John Hope del lecho de sal, lo cierto es que una foto del barco se publico en las páginas interiores de Le Figaro y la fama de esta idea descabellada, hizo que nadie en Túnez quisiera retirar el pecio del mar de sal, se había convertido en una de las imágenes más conocidas del país y cada día era fotografiado por cientos de cámaras de todo el mundo.

HISTORIA IV: LA ENTREVISTA.

Entro en aquella sala tan extraña, y se pregunto ¿aquí será la entrevista? Era un salón muy grande, sin ventanas, totalmente decorado en maderas nobles, tanto las paredes como el suelo. El techo era tan alto que no se distinguía bien de que estaba hecho, y la luz indirecta lo dejaba muy oscuro.

No había ventanas, ni espejos, la decoración era a base de altos poyetes con esculturas de todo tipo, desde las más clásicas a las más modernas. Presidiendo el salón, una grandísima chimenea en la que apenas había leña, pero si llamas. Frente a la chimenea, había dos grandes sillones de madera y cuero verde con orejones, muy elegantes, se sentó en uno de ellos. Frente a ella, el otro sillón, la chimenea a la derecha y entre los dos sillones una bonita mesa que imitaba a un árbol que había embutido el cristal donde había un juego de té.

—Por favor, siéntese y espero aquí, el jefe no tardara en llegar— le dijo antes de retirarse, aquel asistente tan amable y exquisitamente vestido.

No pasaron ni 10 minutos, cuando apareció él. Después de tantas gestiones, tantas peticiones, tantos sacrificios, por fin lo conocía.

Tenía un aspecto de un hombre de unos 40 años, pero muy en forma, pelo negro en abundancia con media melena ondulada, perilla y bigote al estilo castellano del siglo XVI, ojos negros, profundos, penetrantes, y una mirada intensa, de alguien que ya lo había visto todo.

Se acerco a ella, y solicitándole la mano, se la beso con una pequeña reverencia y dijo:

L—Encantado de conocerla al fin, señorita De Criptana, esperaba con interés esta entrevista.

M—Encantada de conocerle, por favor llámeme Magda.

L—Así lo hare, por favor tome asiento y comenzamos la entrevista cuando usted quiera, estoy a su disposición.

Magda llevaba mucho tiempo dándole vueltas a la primera sensación que le produciría conocerle, siempre pensó que sería inevitable para ella demostrar miedo, o excesivo respeto, pero su tremendo atractivo, y sus exquisitos modales le resultaron una sensación inesperadamente agradable.

M—Si no le molesta, me gustaría que me dijera primero con que nombre me dirijo a usted, se le conocen tantos que no se cual utilizar…

L—Como prefiera, para el mundo hispano me gusta el nombre de Luis Fernando, pero si le parece que la entrevista tendrá mayor impacto llamándome Leviatán o Belcebú, por mi no hay problema en absoluto.

Magda, sonríe, M—ya veo, Luis Fernando, Luis y Fer….

L—Es una pequeña broma, me gusta que la haya captado a la primera, eso denota que es usted inteligente, la verdad es que el único nombre que no me termina de gustar es el de diablo, creo que tiene unas connotaciones negativas que no encaja con la realidad.

M—Entiendo, la verdad es que me he dado cuenta, gracias a una antigua película americana, pero Don Luis, me sorprende su comentario, su mala fama le precede.

L—Mas que mala fama, es mala prensa, pero por favor, si le parece, hablémonos de tu, vamos a estar charlando mucho tiempo. ¿Te parece?

M—Me parece correcto, nos tuteamos.

L—Quieres un te recién hecho.

M—Si por favor, lo tomo solo con azúcar.

Lucifer, cortésmente se incorpora y le sirve en una taza. El juego de te es Japonés y es evidente que tiene muchos años.

L— ¿uno o dos terrones?

M—Uno gracias. Si no le importa, voy a grabar la entrevista para no perder tiempo con anotaciones, me has comentado que estaremos charlando mucho tiempo… Y conecta la grabadora sin esperar la aprobación del entrevistado, un pequeño truco de terreno conquistado…

L—Para mí, el tiempo es algo relativo, soy un ente muy ocupado pero tengo muchísima experiencia, lo que me permite de disponer del tiempo a mi capricho, y dado que esta será mi primera entrevista para toda la humanidad, no tengo ninguna prisa, ni quiero que se quede nada en el tintero. Solo hay una limitación, como sabes por el contrato que has firmado, que el único tema del que no hablare, es de quien ya sabes, de mi padre. Y la grabación debe ser exclusivamente para sus oídos.

M—Me alegra mucho saber que tendré todo el tiempo que quiera para realizar la entrevista, así no tendremos prisa en abordar todos los temas sobre los que te quiero preguntar…

Lucifer se ríe y con todo su encanto dice.

L—No he dicho todo el tiempo que quieras, sino que no tendré ninguna prisa en cortar la entrevista. No te preocupes, tendremos todo el tiempo del mundo, pero cuando sea evidente que la entrevista ha tocado fin, tendremos que dejarla—y vuelve a prodigar una sonrisa cómplice. —cuando quieras, amiga Magda, puedes empezar a preguntarme.

M—La verdad es que había ensayado mil veces como comenzar la entrevista, pero el que tengamos tiempo, me ha descolocado un poco, yo esperaba poder formular 4 o 5 preguntas y que me responderías solo a algunas.

Vuelve a provocar la risa en Lucifer

L—Ha, Ha, Ha, Ha, si te parece voy a empezar yo haciéndote una pregunta… ¿Cómo te esperabas que sería el infierno, y que te has encontrado?

M—Uff, he pensado tanto en ello, que tengo muchas imágenes de lo que me encontraría, pero la verdad es que nunca me imagine que esto sería así. Yo me esperaba lo típico, un sitio oscuro, con cientos de cuevas oscuras y con lava, calor y vapores, todo lleno de criaturas oscuras por todos lados y serpientes venenosas por todos lados… —respondió Magda, un poco avergonzada…

L—Y que te has encontrado…

M—Pues no me esperaba lo que me he encontrado. La bajada al infierno en un amplio y bonito ascensor ya sorprende, pero luego, personas educadas, y los espacios, las salas de espera, las salas de reuniones, los despachos, los inmensos pasillos, la iluminación indirecta cómo la de este salón.

La decoración en maderas nobles, recuerda el aspecto de una central de una gran corporación en la tierra. Salvo ese pequeño mareo en el ascensor, todo muy normal, se diría que he entrado en las oficinas centrales de la general motors o de Hyundai.

L—Me alegra que te haya sorprendido, y que te hayas fijado en los detalles de maderas nobles, fue un capricho mío. Y ¿Qué te esperabas encontrarte cuando supiste que conocerías a Satanás en persona?

M—Pues la primera idea, es que me encontraría a el típico hibrido entre macho cabrío y humano, de color rojo, con cuernos y rabo que escupe fuego, y me he encontrado a una mezcla de súper ejecutivo y actor de moda. —dijo Magda sonriendo.

L—ha, ha, ha, la verdad es que me parto con tus comentarios, normalmente cuando hablo con recién llegados, siempre están entre aturdidos y preocupados.

Lo cierto es que el infierno no ha sido así siempre, evoluciona con los tiempos de la tierra, una evolución constante desde la primera civilización a hoy, hemos tenido miles de decoraciones diferentes, te puedes imaginar, con los Sumerios, esto empezó con mucho adobe y ladrillos de barro, y poco a poco, en función de lo que nos iba viniendo del mundo de los vivos, pues se han impuesto cientos de miles de modas…

M—muy interesante, ¿entonces nunca hubo calderos de fuego, violaciones en masa y grandes torturas?

L—No en absoluto, el infierno sin duda es un sitio de castigo, y los castigos han sido un reflejo de las sociedades de sus habitantes, las almas que vienen igual que traían las modas arquitectónicas o de vivir, también traían su forma de entender los castigos y así se les aplicaban, lo demás entra dentro de la mala prensa que siempre hemos tenido por parte de muchos entes en el mundo, sobre todo, por parte de casi todas las religiones, especialmente las monoteístas.

M—Que interesante, ósea que en el infierno ¿no hay látigos ni potro de tortura?

L—Hoy no, en la sociedad actual en general ya no existe la tortura ni los látigos, pero eso no significa que no los hubo anteriormente, el infierno durante la edad Media era realmente desagradable, en todos los continentes se practicaban torturas realmente duras, y eso nos obligaba a castigar así al que aquí llegaba.

M—Muy interesante, ósea que según los castigos que había en el mundo de los vivos en una determinada época, así era el castigo aquí.

L—Efectivamente, y dependiendo de la zona del mundo del que vinieras, así se te castigaba aquí. Es decir, si en el 1500, nos venía un azteca que hacían sacrificios rompiendo cráneos, así se hacía aquí, si eras chino, mala suerte, torturas horribles, y si eras europeo, pasabas por el potro de torturas y otras lindezas, siempre inventadas por los hombres….

M—Tendrían que tener millones de potros de torturas para castigar por una eternidad.

Lucifer vuelve a sonreír, L—veras, debes de olvidarte de todo lo que has leído o visto en las películas, no pienses que nada de lo que Dante describió en sus 7 círculos, se parece mínimamente a la realidad.

Aunque te parezca contradictorio, aquí somos por encima de todo, muy justos. Cada alma que baja al infierno, tiene sus motivos para bajar, no tiene los mismos pecados Hitler, Mao o Stalin que un pobre diablo que mataba bajo sus órdenes en el campo de batalla, y por la tanto, la dureza del castigo, va en consonancia directa con el conjunto de pecados que cometieron en toda su vida.

Y las obras buenas que realizaron, actúan como atenuantes, sobre todo en el tiempo de condena aquí.

M— ¿Cómo tiempo de condena? ¿El infierno no es un castigo eterno?

L—Esto es otra de las falacias que se han encargado de difundir las religiones durante miles de años.

Aquí en el infierno, nos tomamos la justicia de una forma desconocida en el mundo. Para que me entiendas, te pondré un ejemplo.

Todos conocemos lo que comúnmente llamáis "gente normal" La gente normal no son ni santos, ni malos per se, estas almas nos llegan al Infierno con pecados lo suficientemente grandes como para venir aquí, pero con una cantidad de atenuantes, ósea buenas acciones en vida, que hacen que el castigo sea más o menos leve y corto.

Un soldado que por orden de, ha asesinado a un soldado enemigo, no se le castiga igual que al que asesina a su mujer por celos.

M—Pero y lo del tiempo…

L—Ahí voy, en el infierno puedes estar el equivalente de 6 meses en el mundo de los vivos, y puedes tener casi una cadena perpetua. Hitler, Stalin o Mao, entre otras muchas almas, están en una zona especial del infierno que mejor no te enseño, y estarán aquí muchísimo tiempo.

M— ¿hay una zona especial en el infierno para la gente que ha sido muy mala?

L—Aquí en el infierno hay cientos de departamentos diferentes, lo tenemos todo clasificado por tipos de castigos, y para adecuarnos bien a la pena de cada uno, pues tenemos muchos lugares diferentes donde las almas penan, en función de la naturaleza y el volumen de su castigo.

M—y dime, ¿hay muchas personas en esa zona especial?

L—Demasiadas, pero mucho menos que en las demás zonas, la llamamos irónicamente la sala VIP, ahí están básicamente los que han cometido grandes genocidios…

M—Entiendo que hay estarán las personas más malas de toda la historia y están toda la eternidad.

L—Aquí no hay personas, están las almas que cuando eran personas, no lo hicieron bien.

En la sala vip ha habido y hay almas de personajes que en el mundo de los vivos han sido veneradas, no puedo darte demasiados datos de personas concretas porque esta entrevista va a ser publicada pero te diré que te sorprendería. Sobre todo hay grandes generales y militares de todas las épocas. Pero no están en la sala vip de por vida, algunas almas estarán ahí miles de años y luego saldrán a salas con castigos menos duros. Por ejemplo, Atila ha salido hace poco de la sala VIP a otra sala más normalizada.

M—Pero nunca se saldrá del Infierno ¿No?

L—Del infierno se puede salir, de hecho miles de personas salen cada día. Un inquilino de la sala Vip es muy difícil que salga, tendrán que pasar muchos Miles de años para que un alma de la sala VIP, termine saliendo del infierno.

Te pondré un ejemplo de un alma que saldrá con el tiempo de la sala VIP y también saldrá relativamente pronto del infierno. Harry Truman fue el presidente norteamericano que ordeno las bombas atómicas de Hiroshima y Nagasaki. Fue un genocidio, pero tiene varios atenuantes, primero él no sabía a ciencia cierta el alcance que tendrían las bombas, su motivación era la de terminar con las muertes de sus compatriotas si la guerra no terminaba, además pago parte de su pena en vida con su enfermedad y por último, en el resto de aspectos de su vida, era una persona normal, sin grandes maldades y muchos buenos actos. Nada que ver con otros genocidas. En la historia tenemos ejemplos de almas con muchas muertes a su espalda, que están en camino de salir del infierno, el emperador Trajano por ejemplo…

Magda estaba disfrutando, se daba cuenta que estaba consiguiendo material de primerísima calidad, la entrevista estaba siendo muy reveladora y seria una revolución cuando se publicara, tenía que seguir en esa línea, el diablo estaba colaborando, con líneas rojas, pero entraba en los temas con mucha facilidad, tenía que seguir en esa línea y terminaría hablando sobre Dios, nombrando nuevos personajes, no tenia que precipitarse.

M—Realmente interesante, y ¿en qué te basas para decidir quién tiene un castigo, o quién va a una u otra sala?

L—No, eso es otra gran falsedad inventada por los hombres, nosotros aquí en el infierno no decidimos, los pecados tampoco son los 7 pecados capitales, hay cientos de pecados, muchos derivados de estos, y otros que son diferentes.

El concepto de imponer a un semejante un castigo, en el mundo de los vivos no se considera pecado, pero aquí en el infierno, el que ha ordenado o infringido grandes castigos es un gran pecador si no lo ha hecho con justicia.

Te sorprendería la cantidad de sacerdotes, dirigentes, jueces o militares se han atribuido la facultad de fomentar indirecta o directamente castigos en el mundo.

Claro que no es lo mismo un inquisidor de la santa inquisición que un Juez ordinario. Cuando el hombre se atribuye la facultad de impartir justicia, tiene que ser muy ecuánime para no pecar. Pero el alma de un buen juez, no vendrá al infierno, siempre y cuando haya actuado con justicia y no haya aplicado penas de muerte.

Magda, decidió apretar un poco, la conversación se lo permitía.

M—Pero entonces, ¿Quién decide los pecados?

L—Los pecados están tipificados desde que el hombre es hombre y están decididos desde arriba, es todo lo que te puedo decir.

Magda se dio cuenta que había ido demasiado lejos, y no quería que se cerrara, decidió desviar el tema de "los de arriba"

M— entonces cuando una per… perdón, un alma llega aquí, ¿Cómo saben ustedes, cuántos y de qué nivel son sus pecados? Y ¿cómo se decide cuanto tiempo y a que sala van?

Lucifer sonrió con malicia, entorno los ojos y miro fijamente a Magda.

M—Veo que quieres saberlo todo, sabía que eras buena, por eso decidí darte la entrevista a ti.

Veamos. Cuando un alma llega al infierno, a nosotros nos llega con un informe muy completo de todos sus pecados, y también de sus buenas obras, sabemos todo de las almas. Nuestro trabajo es, basado en la información, clasificar las armas y distribuirlas en el lugar adecuado. Si un alma llega con muchos pecados de Gula, que para nada es un pecado capital, pues la destinamos a una sala donde el castigo básico es hacer sentir al alma, la sensación de hambre, le daremos poca y de mala calidad, lo que el alma identificara como sus comidas menos apetitosas.

Si por el contrario, un alma ha pecado enormemente contra la lujuria, que tampoco es un pecado capital, pues le haremos creer que no tiene órganos sexuales pero vera a las demás almas como cuerpos que a su percepción son tremendamente atractivos.

M—Muy interesante, dice que ¿la Gula o la lujuria no son pecados capitales?

L—No, de nuevo, son inventos de los hombres, el comer demasiado tiene su castigo en vida, con mala salud, y cuerpo poco atractivo, es raro que alguien llegue al infierno por gula. Otra cosa es los demás pecados cometidos para haber llegado a conseguir el mejor vino, o la mejor comida, pero por gula muy pocos caen al infierno.

En cuanto a la lujuria, es otro invento de los hombres, El sexo es un regalo para el cuerpo, son los pecados que se comenten alrededor de la lujuria lo que traen a muchas almas aquí. Engaños, mentiras, traiciones, celos, asesinatos pasionales, violaciones, eso si son pecados de infierno, pero la masturbación o el sexo en sí, no es pecado.

M— ¿Qué tipo de castigos recibe un violador en el infierno?

Lucifer se pone serio.

L—Querida Marga, se que fuiste violada en la universidad, y que no tuviste valor a denunciarlo.

Los violadores tienen una sala bastante dura aquí, en la que las almas creen hacer vida normal, pero cada tiempo, son humillados y violados de la forma que ellos mas detesten.

Magda se sintió muy vulnerable, ese recuerdo lo tenía muy enterrado en su cabeza, y por un lado se alegraba el saber que aquel hijo de Puta del club de audiovisuales de su facultad tendría un gran castigo, pero la revelación de Lucifer le hizo recordar con quien estaba sentada, el puto diablo conocía sus acciones y por lo tanto sus pecados.

¿Cómo no había pensado antes en eso? Esto no es como entrevistar al presidente del gobierno, el juega con ventaja, con mucha ventaja. Con un mínimo esfuerzo, Satanás le había puesto en su sitio, sin salir del guion y con toda la elegancia.

Para ganar tiempo, mientras reordenaba sus ideas, tomo la taza de té y con mucha parsimonia dio un buen sorbo, ya estaba frio y no sabía a nada. Se rearmo.

M—me llama mucho la atención que los que reciben peores castigos son militares, guerreros…

L—Bueno, uno de los pecados peor tipificados es el quitarle la vida a otra persona. Ser militar no es pecado, es más, muchos militares han hecho acciones heroicas que han salvado muchas vidas.

El hecho de que un hombre mate a otro hombre porque se lo ha ordenado otro, no evita que sea un asesinato, pero tiene un gran atenuante que le rebajara la pena enormemente.

El asesinato es casi un billete al infierno. Durante la guerra, el infierno se llena de almas, un porcentaje muy grande de la población pasa por aquí, algunos se quedan mucho, muchísimo tiempo por aquí, pero lo habitual es que la mayoría no pasan mucho tiempo por aquí.

Los mandos militares, pues es como todo en la vida, los que se rigen por las normas militares, no suelen quedarse largas temporadas, pero los que dejan salir a la bestia que llevan dentro, pasan muchísimos años aquí.

M—pero hay una cosa que no entiendo—Marga decidió ser muy, muy prudente en esto— ¿Que es lo que hace que en general un mismo pecado, tenga un gran castigo o una larga pena?, ¿y que hace que tenga lo que tu llamas atenuantes?

L—Uff Marga, que buena pregunta, ahora estas hilando fino. Veras. Lo importante es el porcentaje de capacidad de decisión que tiene el individuo. Te lo ilustrare.

Una persona que conduce borracha, y atropella a un niño y lo mata, ha cometido un asesinato. Es un error involuntario fruto de una muy mala elección. En ese momento, es un asesino. A partir de ese momento puede tomar varias decisiones, darse a la fuga que le puede salir bien o no, o decidir pagar en vida parte de su culpa, parar, intentar socorrer al niño, llevarlo a un hospital, llamar a una ambulancia, pedir perdón a la familia e intentar consolarla y compensarla. Es decir, elegir destrozarse la vida pero obrar de la mejor manera posible hace que pagara gran parte de su pena en vida, esa elección suavizara su castigo y su tiempo de pena en el infierno.

Por otro lado, un general recibe la orden de atacar una población, tiene la obligación de hacerlo. Esos asesinatos caerán sobre su alma, pero hay muchas formas de entrar con armas en una población, es su decisión que mueran 100 o 10.000 personas. El tiene poder de decisión…

Un médico, por ejemplo, tiene tantísimos atenuantes que será difícil que pise el infierno.

M—ciertamente es muy revelador, ósea que las acciones de las personas tienen atenuantes en función de su capacidad de decisión.

L—Si, y también en función de sus circunstancias. No es lo mismo una persona que no tiene que comer y roba que alguien que lo tiene todo y roba también.

M—Bueno, nuestros jueces en el mundo, también aplican los acusados los atenuantes y las circunstancias a la hora de castigar.

L—Cierto, pero con la diferencia que aquí no podrás mentir al juez, aquí lo sabemos todo, y además aquí se consideran pecado algunas cosas que el mundo de los vivos se permiten.

M—Creo que la justicia actual en el mundo es hoy en día en la parte civilizada de gran garantía.

L—Querida Magda, que algo no se considere un delito, o sea poco castigado no significa que aquí no sea castigado.

Por ejemplo, cuando le vendiste a aquella familia de viejecitos tu apartamento en Madrid, sabias que las cañerías habría que cambiarlas, tampoco les dijiste la gran derrama que tendrían que afrontar por la inminente renovación del ascensor, ni le hablaste de los ruidos de tus vecinos de arriba. Tú lo entendiste como algo Habitual, culpa de ellos por no haberse informado mejor y no pagaste por ello.

Magda se quedo blanca, no sabía que decir, era totalmente cierto, no se lo esperaba. Se sintió en una partida de póker con las cartas marcadas.

Lucifer, sonrío con malicia, —Querida Magda, no te preocupes, no es una falta importante, además aquellos viejecitos tenían mucho dinero, creí que este era el mejor ejemplo para explicarte lo que en el mundo de los vivos se hace a diario como algo normal, y no lo es tanto.

Magda pensó, joder, a mí lo que me preocupa es que esto saldrá en la entrevista, quedare como el culo ante el mundo. Y se atrevió a decir.

M—Lucifer, le pido encarecidamente que no utilice ejemplos personales míos en esta entrevista, esto es un tema de mi vida privada y…

L—No te preocupes Magda, te doy permiso, pese a que en el contrato se especifica que no se podrá recortar nada de la entrevista, que modifiques las alusiones a tu persona para que no seas tú la protagonista, pero has de entender que para explicar bien mi trabajo aquí, las alusiones personales consiguen que tu, captes mejor lo que te quiero explicar ¿cierto?

M—Ciertamente…

L—Podrás anular o modificar lo que desees, no te preocupes. Aunque soy el diablo, siempre cumplo fielmente mi palabra.

Y Magda, decidió pasar al ataque.

M—Permítame entonces que le pregunte sobre usted, en el mundo de los vivos hay cientos de leyendas y cuentos sobre usted que me gustaría perfilar.

L— Es justo Magda, dime que te gustaría saber sobre mí, salvo sobre mis orígenes, estoy a tu disposición.

M—Comenzaría preguntándole, ¿Qué porcentaje de verdad hay en que todos los males del mundo son su responsabilidad?

L—Es absolutamente incierto. Ninguna maldad es responsabilidad directa o indirecta de mi persona. Volvemos a lo de siempre, las religiones de todas las civilizaciones tienen que buscar a un culpable de las maldades que realmente realizan los hombres. Es muy fácil exculparse, diciendo "el diablo me tentó e hice el amor con tu mejor amigo" Pero una persona medio inteligente sabe que el mejor amigo fue un pésimo amigo y tú, no tuviste ningún problema en engañarme.

M—Estamos de acuerdo que se te ha culpado de muchísimas maldades de los hombres para quitarse responsabilidad, pero, ¿qué me dices de la peste Negra, el actual coronavirus, Chernóbil o un terremoto?

L—Ha, ha, Estas preguntas me las han hecho muchas almas con las que he conservado, te contare la versión simplificada.

La peste negra es una enfermedad que surgió de forma más virulenta en la edad media, por que vivían como guarros, la higiene era mucho peor que en épocas anteriores, los romanos o Egipcios, tuvieron casos de peste, pero eran mucho más higiénicos que en la edad media, que vivían en grandes ciudades rodeados de ratas. El coronavirus os viene porque estáis reduciendo drásticamente el espacio de vida salvaje, los contactos del hombre y la fauna salvaje cada vez es mayor y los virus saben mutarse para sobrevivir en vosotros de una forma mucho más rápida de lo que el mejor ordenador es capaz de calcular.

Chernóbil, fue una cagada de los técnicos rusos, y los terremotos de hoy en día no son nada con los que había hace 3000 años, la tierra es mucho más estable hoy. Ni si quiera los de arriba tienen capacidad para ordenarlos. No hay intervención ninguna.

Los terremotos, o las erupciones son aleatorios, de hecho, estando en México me pillo uno grande allí, pero no tuve nada que ver. El hombre es el que elige vivir a los pies del Vesubio, Satán no tiene nada que ver. — Y le guiño un ojo.

M— ¿visito la tierra? ¿Estuvo en México? ¿Lo tiene permitido?

Lucifer se puso serio por un momento…

L—Al igual que el hombre, yo soy libre de decidir, nadie me puede dar permiso o quitármelo para ir al mundo de los vivos. —volvió su sonrisa agradable y seductora de siempre y añadió. —la eternidad es muy, muy, Larga, y el infierno, es muy monótono. De vez en cuando, me tomo unas buenas vacaciones y que mejor lugar que Sodoma o Gomorra, la decadencia de Roma, la ciudad prohibida de Pekín, las fiestas en Triana del siglo XVI, el concierto de Woodstock, o asistir a Rio en carnaval…

Magda se dio cuenta que no debía ir más allá sobre los permisos de arriba, pero no pudo evitar poner cara de muy sorprendida…

Lucifer reacciono, dando una escusa no pedida—Cierto es que arriba no les gusta mucho esas escapadas, ¿pero, que pueden hacer?, este trabajo es muy duro y complicado y solo yo sé, y quiero hacerlo.

M—Y ¿Qué le gusta hacer cuando ha ido a la tierra? Soltó Magda, como quien no quiere la cosa.

Lucifer se recostó sobre el sillón, saco un habano y pregunto educadamente ¿le molesta?

M—No, en absoluto.

L— ¿quiere acompañarme?

M—Gracias, no fumo.

L—Yo Tampoco, pero me gusta el humo, —se calló un momento, mirando al infinito, y añadió —El mundo de los vivos es muy divertido si se va al sitio y momento adecuado. Pero aunque soy Lucifer, siempre cumplo las reglas, jamás he quitado la vida de ninguna persona, si me he adueñado de Almas que entendí, no deberían estar con los vivos por medio de pactos, pero no cometo pecados.

Nunca he fornicado con mujeres casadas, si he yacido con novias de otros, pero ahí quien pecaban eran ellas, porque tengo por norma que me expresen verbalmente su consentimiento, incluso en las orgias.

Nunca he robado nada, porque siempre voy con los bolsillos llenos de oro, y jamás he inducido a ningún hombre a pecar. Si alguien ha pecado delante de mí ha sido de modus propio. Y jamás he castigado a nadie en el mundo de los vivos.

Me he emborrachado, me he drogado, he fornicado con mujeres y algún que otro hombre, y he disfrutado durante un periodo nunca superior a 15 días seguidos.

M— ¿Por qué nunca más de 15 días?

A lo que Lucifer contesto con mucha gracia —por no tentar al diablo. Ha, ha, ha, ha, ha.

Magda, estallo en una gran carcajada, no se esperaba ese chiste.

L—En serio, Se que permanecer más tiempo podría hacer que perdiera mi autocontrol, y no quiero saltarme las normas, soy un profesional. Y acompaño su sonrisa con un guiño.

M—Ósea que siempre fuiste bueno en la tierra. —afirmo Magda.

L—Magda, soy Leviatán, no soy bueno en ninguna parte, sino que cumplo las normas, que es muy diferente. Si fuera bueno, no podría hacer bien mi trabajo. Si juego con Truman al ajedrez, es porque me rio con él, pero dejo que crea que me ganara hasta el límite y entonces le gano, es parte de su castigo.

Mis visitas al mundo de los vivos hay que entenderlas en el contexto de cada época, no me comportaba de igual manera en los tiempos antiguos que en los actuales. En una fiesta en tu ciudad, en Madrid, en una fiesta de navidad de tu periódico, no me comportaría igual que en una fiesta de Aníbal Barca. —y añadió un guiño.

Maldito bastardo—pensó Magda—sabe lo de mi pequeña orgia con Toni y Bruno en la fiesta de navidad. Qué coño, la lujuria no es pecado, pero Bruno está casado con mi amiga Ana… Uff. Pregunta lo que sea…

M—y ¿Hace mucho que no va por el mundo de los vivos?

L—Mi última visita fue de trabajo, hace 2 meses estuve unos días en varios sitios. Estuve en New York, en Madrid, en Pekín, en Buenos Aires…

M—No me imaginaba que viajaras también por trabajo, ¿buscando Almas?—Te has pasado colega, pensó Magda.

De nuevo, Lucifer se puso serio, dio una larga bocanada de humo y dijo. L—No, fui a elegir el periodista que me entrevistaría, quería elegir a la persona idónea para que estuviera aquí hoy.

Era imposible evitar la siguiente pregunta, Magda pregunto en voz ligeramente más baja.

M— ¿Y por que acepto nuestra proposición de entrevista y no la de los demás? —no había terminado la pregunta y ya se había arrepentido, le daba miedo la respuesta, sabía que de alguna manera se expondría personalmente.

L—Te elegí porque me pareciste una buena periodista, me gustan sus entrevistas, son agresivas e interesantes, y ya que había decidido exponer todas estas cosas al mundo, quería conocer a la persona que lo haría.

Magda, decidió sacar la pelota de su campo de juego y pregunto. — ¿y por qué decidió darle esta entrevista a los vivos? ¿Qué ha cambiado ahora en la historia?

L—Mi intención es que la gente entienda que lo que se hace mal, se lo haremos pagar aquí, hemos hablado de lo que es realidad y que es lo que es invención de los hombres y sus religiones. Que las cosas se pagan.

La idea es que los hombres de una vez sepan que serán juzgados a ciencia cierta, y cuáles son las reglas reales por las que se medirán a cada uno.

Creo que voy a ponerte de nuevo un ejemplo de tu persona. Si ahora tu sabes, que la encerrona que le hiciste a José María Recio, tu antiguo jefe, cuando conseguiste que el mayor accionista de tu periódico se enterara, que se acostaba con su mujer, está mal, aprenderás que ese no es el camino para conseguir un mejor puesto, y que pese a que tu pecado no tuvo ninguna consecuencia para ti en tu vida, no pasara desapercibido si al final caes en el infierno.

Magda pensó en ponerse estupenda y salir con un, "pero como se atreve", pero rápidamente se dio cuenta que era una estupidez, era cierto, pero era algo, que se hacía de vez en cuando, por Dios, no había matado a nadie… Decidió contestar con silencio.

L—Magda, no te enfades, estas aquí haciéndome la entrevista porque fui a conocerte, y vi que eres buena profesional y no has sido demasiado mala persona, pero no te preocupes, podrás borrar esto último de la entrevista final.

M—No creo que debamos derivar más la entrevista hacia mi vida…

L—Ya cariño, pero tú me has preguntado sobre mí, me has intentado sonsacar sobre mis pecados, me has intentado sonsacar cosas malas y te hubiera encantado escuchar y escribir que en una de las visitas al mundo fui Vlab el Empalador. Yo te digo la verdad, en el mundo de los vivos, disfruto a tope, pero cumpliendo las normas. Y no me enfado por ello. No te enfades tú conmigo si uso fragmentos de tu vida para hacerte ver mis argumentos.

Magda, dio otro sorbo al insípido te, y decidió cambiar radicalmente la entrevista. Empezaba a no gustarle el seductor Satanás, la verdad es que si fuera un hombre normal, ya estaría tonteando con él, y terminaría pasándoselo por la piedra… Joder, ¿se habría acercado a ella cuando estuvo en Madrid?, uf, mejor no preguntar. Tengo que volver a centrar la entrevista.

M—Volvamos a su trabajo, me ha comentado que las personas que llegan aquí…

L—Almas, aquí no vienen personas…

Magda pensó, me está cortando…

M—Almas que llegan aquí, vienen con un dosier con todos sus datos, pero el que decide en que sala lo ubica es usted, por lo que en cierto modo, el que decide el nivel de castigo eres tú, ¿verdad?

L—Esa es mi chica, por este tipo de preguntas me gustas como periodista, veras, los dosier traen datos estadísticos muy precisos de casi 200 tipos de pecados diferentes que ese alma ha transgredido, y también los atenuantes principales. Estos datos, para que nos entendamos crean una especie de grafico general con una forma única. Nosotros interpretamos este grafico y lo comparamos con tantos gráficos tipo como salas tiene el infierno, y con la que mejor encaje, pues allí lo metemos.

Yo tengo un gran equipo de ayudantes, pequeños demonios como los que te han acompañado hasta aquí, son almas residentes que han pasado aquí miles de años, han purgado gran parte de su culpa, pero no podrán salir del infierno en muchísimos años más. Ellos no deciden nada, solo hacen el trabajo.

M— ¿Y los casos más graves?

L—Para esos, no suele haber clichés que se ajusten, los casos más graves, o las almas más complejas pasan directamente a mi mesa, estudio cada caso y tomo mis decisiones para colocarlo en la sala.

M—Entonces ¿si tiene cierto margen para decidir a quién castiga más o menos?

L—Todos los carceleros tenemos cierto poder para hacer pasar a un condenado de mejor o peor manera, pero aquí también cumplo con las normas de mi trabajo, soy justo. Creo que ya te he explicado cuales son los pecados que creo más o menos importantes, me guio por esa vara, pero sin salirme demasiado de los clichés que me han mandado desde arriba.

M— ¿y lo mismo con los tiempos?

L—No, los tiempos de estancia en cada sala, o si alguien sale del Hades, no lo decido yo. Yo decido la intensidad de cada castigo, y el alma tiene un contador de pena soportada, y cuando los de arriba deciden que es suficiente, nos envían el cambio.

M—Se podría entender entonces que usted y los suyos ni marcan las reglas del juego, ni tampoco juzgan, solo hacen cumplir las penas.

L—Ahora estas empezando a verlo todo en conjunto, sabía que no me equivocaría contigo. Efectivamente, desde el principio de los tiempos, las normas están puestas desde arriba, los castigos están marcados desde arriba y los tiempos de pena también están marcados desde arriba, aquí solo clasificamos y hacemos cumplir las penas.

Y añadió—Ya es hora que la humanidad sepa que de todo este montaje, Lucifer solo es el carcelero de Almas. Los pecados los cometen los hombres, y ellos con sus actos son los que hacen que terminen aquí.

M—Entonces, sintetizando y con todos mis respetos, ¿el infierno es una cárcel?

L—Claro querida mía, el infierno es la cárcel de las almas, ese es el tema en síntesis. Nosotros retenemos aquí a las almas el tiempo que merecen hasta que vuelven a la circulación, cuando salen del infierno, no hay más que un pequeño periodo de limpieza de recuerdos, y se vuelve al valle de lágrimas.

M—Pero entonces los que salen del infierno, ¿no van al purgatorio o el cielo?

L—Ahora estas que te sales Magda querida, efectivamente, es parecido. El purgatorio es otro invento de las religiones del mundo, cuando se sale del Infierno se va a esta sala de limpieza de recuerdos y de ahí, se vuelve al mundo de los vivos como bebe. Al paraíso solo se accede directamente las almas desde la tierra que de verdad lo han merecido, el infierno es un lugar de castigo y reinserción al círculo.

Y después de muchos siglos, decidí que ya era hora de que la humanidad le llegue esta información, y que se deje de culparme sobre todo lo malo.

M—Pero en el mundo de los vivos, hay un grupo importante de gente que se declara seguidores de Satán.

L—No me hables de esas Almas, ninguna se escapa de pasar por aquí ciclo tras ciclo, en el siglo XVIII hice construir una sala especial para castigar a los satánicos y gracias a ello, conseguimos que no se dispararan estos adeptos de lo absurdo.

Me molestan muchísimo. En unas vacaciones visite una granja de Satánicos en Arkansas y Salí escandalizado de la cantidad de estupideces que se han inventado y en las que creen. Desde entonces los evito, eso sí, me aseguro que sus almas vendrán para aquí.

M— ¿Y este tema de comprar almas?

L—Las almas no se compran exactamente, se contratan. No puedes vender lo que no es tuyo y nadie es dueño de su alma, lo que hago es hacer un contrato con las personas que veo que tienen que acabar en el infierno, y les ofrezco algo a cambio que deseen mucho. De esta manera me aseguro que los atenuantes no permitan que se escape de pasar una temporada por aquí. Esto no es del gusto de los de arriba, pero entienden que como buen carcelero que soy, tengo buen criterio cuando elijo un alma.

Magda estaba cansada, le había dado un mareo en el ascensor ¿por bajar tan rápido?, no había comido nada, la tensión previa a la entrevista y la tensión durante ella había sido dura. Hizo un pequeño recorrido mental a los puntos más importantes que tenía pensado y los había recorrido todos con creces. Tenía un material increíble y estaba deseando prepararlo para ser publicado. Su periódico, curiosamente el Mundo, tenía grandes expectativas en la publicación de esta entrevista. Qué pena que no pueda hacer ni una simple foto con el móvil…

L—Veo que no tienes más preguntas querida, ¿crees que podemos dar por terminada la entrevista y relajarnos, tomando un magnifico whisky de 50 años con hielo?

M—Lucifer, muchísimas gracias por su tiempo y su sinceridad, por mí ha sido más que suficiente— dijo apagando la grabadora.

Por la puerta apareció un caballero vestido de chaqueta, y depositaba en la mesa una bandeja con una vieja botella verde y dos vasos grandes con mucho hielo. Mostro la botella a ambos y sirvió 3 dedos de un malta que olía de forma increíble. Magda pensó, me vendrá bien.

L—Bueno, ya ha terminado la entrevista—encendió otro cigarro puro y dijo, —ahora querida mía, puedes preguntarme lo que quieras, esta vez sin publicar. —y se reclino para atrás un daba un buen sorbo del escocés.

Uff. Pensó Magda, esta es la mía, campo libre. Dio un sorbo al Whisky y disparo.

M—cuénteme, ¿quiénes son los de arriba?

Lucifer volvió a reír, visiblemente relajado. Sabía cuál sería el tema de la pregunta.

L—Ya sabes que este tema es tabú, no porque no quiera que se publique, si no porque hay ciertas cosas que no se pueden hacer. Te diré que los de arriba son los que mandan, nunca jamás han entrado en mi territorio, un alma que entra en el infierno, por muy pura que sea no puede salir a corto plazo. Ellos trabajan para el gran jefe, y al igual que aquí tenemos nuestro trabajo, ellos tienen el suyo. Eso es lo que te puedo contar.

M— ¿No está cansado de ser el Diablo?

L—Si, estoy cansado de ser el diablo, yo soy Lucifer. Tengo un trabajo muy necesario, se me da bien, y me da satisfacción, soy una parte muy importante del circuito de las almas de la humanidad. A veces mi trabajo es muy monótono, entonces me escapo de vacaciones y disfruto enormemente con los vivos.

Magda no podía contener su curiosidad y disparo…

M— ¿Nos conocimos en el mundo de los vivos?

L—Si, yo te conocí a ti, pero tú a mí no. Elegí un aspecto de persona mayor. Yo fui el conductor del coche con el que chocaste en aquel aparcamiento en el centro comercial de Leganés, Me diste dando marcha atrás, cuando hablamos me diste tu seguro y me aseguraste que no habría problema, pero luego le dijiste a tu seguro que yo te golpee por detrás…

Magda, dio un buen trago del Whisky, era agua pura…

L—Me presente en la oficina del periódico, te dijeron que estaba esperándote en el vestíbulo, te asomaste y no me atendiste.

M—Vamos al grano, Lucifer, es cierto que he cometido errores hasta ahora en mi vida, no me he comportado bien en determinadas ocasiones, pero no tengo grandes pecados y después de lo que he aprendido hoy aquí, te aseguro que voy a cambiar el rumbo, empezare a trabajar los atenuantes de una forma increíble…

Lucifer dejo unos segundos de silencio, luego clavo esa penetrante mirada en Magda y dijo.

L—María Magdalena, con lo perspicaz que tú eres, todavía no te has dado cuenta…

Magda le miraba embobada.

L—Si has cometido un gran pecado, un pecado del que eres consciente pero todavía no lo has querido asumir. Me has cedido tu alma.

¿No me digas que no has leído el contrato de esta entrevista?

M—he leído las partes importantes, la palabrería se la he dejado a los abogados del periódico.

L—Y antes de firmar el contrato, Uno de los abogados del periódico no te pregunto varias veces ¿Señorita Magdalena de Criptana, ha leído usted completamente el contrato?

M—Si me lo pregunto, pero yo entendí que si hubiera algo malo para nosotros, los abogados nos avisarían…

L—Y dime querida Magdalena ¿Quiénes son, Nosotros?

M—El periódico, nosotros, los que… —y se quedo callada.

L—El periódico, que se asegura en el contrato que pase lo que pase, les vas a escribir un gran artículo. Dejando el tema de tu alma como un daño correlativo.

Ya los recibiré yo personalmente cuando les toque venir por aquí.

M—Que hijos de puta….

L—Cuantas veces te dije en aquella reunión, ¿Señorita Magdalena de Criptana, ha leído usted completamente el contrato?

M— ¿Eras tú?

L—Si, te estaban vendiendo al diablo tus compañeros de trabajo. Lo hacían por que ellos sabían que tú eras capaz de hacer lo mismo con ellos, todos sabían la jugada que le hiciste a José María para hacerte con su cargo.

Pero eso no es lo que importa. Lo que importa es que los dos sabemos que el precio por conseguir la entrevista más importante del milenio era vender tu alma, y tú has firmado igualmente.

M—No, no es verdad, te equivocas.

L—María Magdalena, nos conocemos desde hace cientos de años, aunque tú no te acuerdes, hemos tomado muchos whiskys de malta como este, juntos, aquí.

Tu en Madrid, no sabias, lo que ahora, eres consciente hoy. Y si yo, el día de la firma de tu deseada exclusiva mundial, te hubiera dicho, como era el deber de los abogados del periódico "señorita Magdalena, en el contrato hay una clausula de cesión de su alma al entrevistado, sabes que lo hubieras firmado igualmente, indirectamente lo sabías, sabias el precio que valía la entrevista con el diablo…

M—Pues sí, lo hubiera firmado igualmente. Pero ahora ese no es el caso. En el contrato especifica claramente que tendré un pase especial de entrada que me permitirá salir del infierno en cuanto termine la entrevista y lo tienes que cumplir…

Lucifer se incorporo, acerco la cara a Magda y le dijo con un susurro.

L—Querida Magdalena, no pienses que te la estoy jugando, yo no miento, tu regresaras al mundo de los vivos hoy, no tengas miedo por eso, podrás publicar tu artículo, pero tu alma, hagas lo que hagas en todos los años de vida en la tierra, me pertenece, tendrás que venir aquí. Yo no conozco el concepto de la prisa…

M—Si, mi alma tendrá que pasar por aquí, pero yo voy a publicar el artículo más importante de la historia, voy a contarle a la humanidad los secretos más importantes de la historia del hombre desde que abandonamos las cavernas. El premio Publisher, radio, televisión, seré la reina de las redes sociales, todos los dirigentes del mundo querrán hablar con la mujer que entrevisto al puto Satán. Seré famosa, poderosa y millonaria.

Lucifer exhibió su mejor sonrisa, y mientras se levantaba con la copa en la mano dijo…

L— ¿tu crees?

M—No puedes incumplir el contrato, tu no mientes, además, si incumples el contrato no te podrás adueñar de mi alma.

L—Magdalena querida, normalmente en estas circunstancias, hay almas que intentan echarse atrás, diciéndome cosas como, "si no escribo la entrevista, no se cumple el contrato y no pierdo mi alma", pero tú, lo que temes es que yo te impida escribir el articulo. Ha, ha, ha. Eres increíble, nunca me decepcionas.

M— ¿Entonces cumplirás tu parte del contrato?

L— Siii, claro que si, —dijo Lucifer haciendo una media reverencia.

Es gracioso que seas tú la interesada en que el contrato se cumpla. Pero ya sabes, cuando mueras, tendrás que venir aquí directamente, y aquí te estaré esperando, con tu sala de siempre preparada.

M—No quiero saber más nada, solo quiero marcharme.

L—Como no, querida, solo permíteme un pequeño avance de lo que te tengo reservado, te voy a contar lo que pasara en tus próximos días con los vivos. —Satán se puso serio apretó las mandíbulas y clavo la mirada en Magda.

L—Ahora subirás al mundo de los vivos, tu pase especiar contratado te permite salir del infierno, y nada más llegar, te pondrás con tu entrevista, quitaras las partes de la misma que hablan de tus pecados, y las llevaras a la redacción del periódico. Olvídate de llevar la foto que me has hecho con el móvil a escondidas, porque la tarjeta de memoria ya esta frita.

Tu redactor jefe leerá la entrevista, pero no le parecerá demasiado convincente, pensara en su reputación, en la del periódico y no la publicara en primera página como tu esperas, la publicara en las páginas interiores.

Al día siguiente, llegaras pronto al periódico, alguien por el pasillo de la redacción te parara, y te dirá. "oye me encanto tu entrevista con el diablo, me pareció súper original" y seguirá su camino.

M—ha, ha, ha, el redactor Jefe de mi periódico estuvo en la firma del contrato, sabe que estoy aquí en el infierno contigo, y publicara la entrevista en primera plana, sabrá que es real y lo que vale,… además.

L—Ya, ya sé que te acostaste con él, pero no conoces a los hombres…

Hay que conocer a millones de hombres como yo, para conocer sus miserias. Veras.

Tu redactor jefe está ahí, y tu lo le podrás quitar el puesto, por que el si conoce a los hombres, comenzara leyendo la entrevista, con la idea de colocarla en primera plana, pero terminara metiéndola en algún hueco en las páginas centrales por que se dará cuenta que el público, no se lo tragara, o no le interesara saber la verdad.

Magda piénsalo ¿bajar al infierno en ascensor?

¿El infierno es como una oficina?

¿Satanás es un bróker de Wall Street?

Eso no vende querida. ¿Cuántas películas de vampiros se han hecho después de aquella secuela tan ñoña de vampiros que se enamoraban? Si los vampiros no dan miedo, pierden interés… Si Satanás no es pavoroso, ¿a quién le llamara la atención?

Y ahora querida, si quieres acompañar a mi ayudante, te llevara al ascensor. Ya nos veremos.

UNA EXTRAÑA REALIDAD: GRANDES HASTA EL FINAL.

He de adelantar al lector que se ha encontrado con este relato, que me veo en la necesidad de contarlo en primera persona. Después de darle muchas vueltas, la historia que quiero contar, puede parecer un relato de ficción de tantos, y he creído necesario relatarlo de manera que la persona que lea este especial episodio, tenga la certeza que esto ha sucedido realmente, y mi persona, torpemente lo he relatado, como lo he vivido.

Los nombres y los lugares serán ficticios, pero ten por seguro que te lo cuento tal como conocí esta historia, y espero sepas disculparme si no estoy a la altura de lo acontecido.

Todo empezó, un día de año nuevo, hace varias navidades. Como todos los años, la comida era en casa de mi suegra, todos habíamos dormido poco y con algunas copas de más, pero el hecho de pasar un rato con la familia, siempre apetece, si tienes la suerte de tener una suegra maravillosa, y unos "cuñaos y Cuñaas" que, aunque lógicamente no has elegido tu, por fortuna, te llevas estupendamente bien.

Cervecita de rigor en casa del cuñao que vive en la casa de arriba de mi suegra, el tradicional cachondeo de resaca mientras mi cuñao Dani corta jamoncito.

Mi otro cuñao, Luis, que había llegado antes que nosotros, nos cuenta entre risas, como había pasado la cena de amigos de navidad. Y luego, mi suegra nos reclama para la mesa, todo está listo para comer.

Bajamos a la casa de mi suegra, y allí estaban también los padres de mi cuñado Luis. Me acerque a saludar al padre de Luis, un hombre estatura media, con un poquito de barriguita, unas manos grandes y fuertes, de las que están acostumbradas al trabajo duro y esa sonrisa, franca, contagiosa y perenne…

— ¿Como esta Rufino?— le pregunte mientras que le estrechaba la derecha y le abrazaba con la izquierda…

—Muy bien hombre, ¿que tal el trabajo?— Me pregunto.

—Bien, tú sabes, como siempre…

Y rápidamente me dirigí a su mujer…

—María, ¿qué tal como estas? —Y le di dos besos…

María me miro, con una cara de curiosidad de niña pequeña, sonreía, pero era una sonrisa que me extraño. María era una mujer con una fuerza vital tremenda, siempre estaba comentando, y riendo…

— ¿Cómo va todo, María?— Insistí, y me dijo

—Bien, todo muy bien, muchas gracias, y que tal la familia…

—Bueno, tú sabes, mi madre está un poco decaída después de lo de mi padre— respondí…

En ese momento me di cuenta, no sabía de qué le estaba hablando, pensé que a lo mejor, no se había enterado de la muerte de mi padre…. Insistí.

—Ahora mi madre se siente más sola desde que mi padre se nos fue.

Pero María seguía sonriendo, con esa cara de niña pequeña, no sabía si podía estar molesta conmigo por algo, o acaso no me quería hacer caso… Me sorprendió, pero no le di la menor importancia.

Yo conocía a los padres de mi cuñado Luis de toda la vida, habíamos coincidido en cientos de eventos familiares, además somos una familia muy del gusto de celebrar y hacer comidas todos juntos, y conocía de hacía más de 20 años tanto a Rufino como a María. Les tenía mucho cariño, Rufino siempre me demostró ser de esos poquitos personajes que te encuentras por la vida y que no pueden evitar ser siempre una gran persona. Y María era una de esas mujeres que siempre esta activa, charlando, riendo, alegrando.

Eran dos personas entrañables que si alguna vez faltaban a una juntada familiar, se les echaba en falta.

La comida trascurrió como siempre, una típica familia andaluza, con mucha más comida de la que seriamos capaces de comer, buen vino, con varias conversaciones a la vez, risas y bromas. Y una buena sobremesa.

A media tarde, decidimos volver a casa, me despedí de todo el mundo, y cuando me despedí de María, ahora si era la María de siempre, sonriente, me dio recuerdos para mi madre y dos besos muy cariñosos.

Me tranquilizo ver que no había mayor problema.

Conducía mi mujer camino para casa, y mis hijos en los asientos traseros. Íbamos comentando las novedades y comentarios del día, cuando, me comento el problema de María.

EL PROBLEMA DE MARIA.

Mi mujer me comento que a María, le habían diagnosticado principio de demencia senil.

Me quede de una pieza, mi cuñado Luis es un buen amigo, y Rufino y María también. Los conocía desde hacía muchos años, habíamos viajado juntos, y me entristeció el pensarlo.

Yo sabía a lo que se enfrentaban, mi abuela Teresa, los últimos años de su vida, perdió prácticamente la conciencia, primero con pequeñas lagunas, y más adelante olvido como hablar en castellano, solo recordaba el gallego, no me conocía y al final, perdió toda noción de la realidad. Aquello fue muy duro para mi padre que fue el que se encargo de visitarla y atenderla.

Pero mi abuela tenía 92 años, mientras que María no había llegado a los 70. Pensé que la demencia senil no sería tan drástica como lo fue en mi abuela Teresa. Esperaba que María tendría muchos más años con unas facultades aceptables.

La siguiente vez que nos vimos, fue en una fiesta en la casa de campo de mi cuñado Dani y su familia. Es un sitio entrañable, donde hemos celebrado casi todos los bautizos, y comuniones de la familia. Nuestras famosas comuniones gitanas de 3 días, preparación, fiesta y recogida.

Me alegre de ver a Rufino y a María, que como siempre me recibían con una gran sonrisa. Rufino me estrechaba la mano como siempre, pero María no se levantaba, me miraba de nuevo con esa mirada de niña pequeña y sonreía.

Me acerque y le di dos besos, que ella recibía extrañada.

—Qué guapa estas María…

Pero ella no cambiaba su expresión de niña confundida.

—Hola como estas…

Fue su respuesta. Mi mujer se acerco a ella, la beso también, a ella si la conoció, y la cogió de las manos con una expresión de felicidad por haberla reconocido, y le dijo con mucha alegría,

—Hola Laura como estas…

Mientras le apretaba las manos

Rufino, se emoción, se le pusieron los ojos vidriosos.

Le pregunte que tal evolucionaba y me comento que a las personas que si veía a menudo, como a mi cuñado Luis, a su otra hija Ana, incluso a mi suegra los reconocía con facilidad, pero a personas que veían mas esporádicamente, tardaba un tiempo en recordarlo.

Mi mujer le dijo.

—María, este es Roberto, mi marido, ¿ya te acuerdas de él?

María asentía lentamente, y decía que si, pero en sus ojos de evidenciaba, que no era capaz de recordarme. Quería acordarse, pero no podía, y no quería demostrar que no era capaz de encontrarme entre sus recuerdos, y busco con la mirada a Rufino.

Rufino la miro con ternura, y con la complicidad de dos personas que han convivido juntos de por vida, Rufino entendió que no se acordaba de mi, y eso le hacía infeliz. Mi mujer, rápidamente detecto esa mirada y nos quitamos de en medio con la escusa de ir a echar una mano.

Vi a María, charlar con mi suegra y con la madre de Dani. Lo estaba pasando bien.

Me acerque a mi cuñado Luis.

—Luis, ¿qué tal va tu madre?

— pues bien, pero está teniendo problemas para retener las cosas, ya no puede hacer la compra, ni cocinar, no nos fiamos e que se pierda o tenga un accidente en la cocina.

—Vaya tema complicado, y como se están apañando…

Mi padre se está haciendo cargo de todo, el se está echando la casa a las espaldas, y mi hermana y yo les echamos una mano. Ella está bien, aunque tiene días que está peor de lo suyo. Pero en estos meses ha perdido bastante memoria.

— ¿Y tu padre como lo lleva?

—Bien, bien, tu sabes como es mi padre, como está jubilado, solo ha tomado como una nueva tarea y listo.

Llego nuestro otro cuñado Felipe, el único hermano varón de la familia de mi mujer, pidiéndonos que el ayudáramos con unas mesas y dejamos el tema ahí.

Cada evento familiar, entre los que pasaban varios meses, volvíamos a coincidir con María y Rufino.

La evolución de la enfermedad de María era evidente, yo veía la evolución de cómo se marchitaba su salud, como esos videos hechos de fotogramas que te hacen parecer que un capullo florece en apenas segundos, o las nubes pasando a toda velocidad.

Pasados dos años de la enfermedad, María ya no se valía por sí misma, estaba en silla de ruedas, y Rufino, con infinita paciencia, y mucha ternura, le daba de comer o le limpiaba los labios.

Yo veía a Rufino, con cara un poco como si acumulara cansancio, pero claramente feliz. Y María, ya tenía esa sonrisa de niña permanente, miraba a través de sus gafas a un lado y al otro de la mesa, y sonreía divertida, viendo a tanta gente alrededor, haciendo cosas que le sacaban de su rutina.

De vez en cuando, Rufino le decía algo "María, mira qué guapa esta tu nieta Sandra" o que guapa esta mi niña hoy, leche", y ella respondía con una sonrisa picarona, miraba a Rufino y se le iluminaba la cara.

Volví a preguntarle a Luis por la evolución de su madre.

—Jodido, cuñao, ya no se vale para nada, mi padre está al 100 % con ella, se vale bien, pero el también tiene una edad y sus achaques, le hemos puesto a una chica que le ayude y bueno, bien.

—Bueno cuñao, ya sabes cómo son estas cosas, y cambie la conversación.

Yo procuraba no sacar mucho la conversación a mi cuñao Luis, siempre entendí que esa conversación le apenaba, y procuraba que los momentos que pasábamos juntos, fueran como siempre, de risas y ocurrencias, en vez de conversaciones que no aportan nada nuevo ni solucionan el problema en modo alguno.

Siempre me mantuve informado a través de mi mujer, sobre la evolución de María. Yo sabía por la enfermedad de mi abuela, las diferentes fases de la misma, y Laura, me tenia al día.

La última vez que vi a María, fue las pasadas navidades, de nuevo la comida de año nuevo en casa de mi suegra Lina. Esta vez María que ya no se separaba de su silla de ruedas, apenas sonreía, estaba claramente ausente, pero aun, reaccionaba claramente ante los cariños que le lanzaba su marido Rufino.

Esta vez, pregunte por María a mi cuñada Rosana, preferí preguntarle a la mujer de Luis por su madre para no sacar "la conversación" que seguro todo el mundo se la sacaba en los encuentros navideños. Me acerque a donde estaban las hermanas de mi mujer, Rosana la mujer de Luis y Natalia, la mujer de Dani.

—Está bastante mal, cuñao, — me dijo Rosana, — ya prácticamente no reacciona a nada, apenas se mueve y esta de la silla de ruedas a la cama y al revés, Rufino, la saca todos los días a pasear, la limpia, la cuida, la pone guapa. Es una dedicación impresionante, y ella, parece estar feliz con él.

— ¿Pero tiene más ayuda?— Pregunte.

Fue mi cuñada Natalia la que contesto, —claro que si, tiene a dos chicas dominicanas que le ayudan y se turnan. Son muy simpáticas, menos mal.

Rosana añadió, —El ayuntamiento, el Día Mundial contra el Alzheimer, le dio a mi suegro un premio al cuidador del año por que día tras día y de forma incansable ofrece los mejores cuidados a mi suegra con el mayor cariño y mimo posible y sin perder ese buen ánimo y optimismo que contagia a todo el que lo rodea.

—La verdad es que Rufino es un tío increíble, la que tiene encima y la cara de felicidad que se le ve.

—Sí que lo es, si no fuera por Rufino, no sé como la cuidaríamos, porque Luis y su hermana Ana, sacan tiempo de donde no tienen para ayudar a su padre para con su madre, pero Rufino la lleva adelante, y con una sonrisa siempre, de verdad que el premio del ayuntamiento no se lo podían haber dado a alguien mejor.

Y Natalia apostillo, —Rufino no para, siempre está pendiente de ella y se encarga de todo, yo me lo encuentro a veces por la calle empujando la silla para darle su paseo, dice que lo que más le gusta a María es salir a la calle y ver gente, le hace feliz.

Me acerque a saludar a Rufino y a María, María no se movió, miraba hacia el fondo de la sala con la cabeza baja y la mirada perdida…

—Que tal Rufino, como estas…

—Hola Roberto—, un apretón de manos y un abrazo, —pues nada, todo bien, lo único, a ver si pasa el invierno ya, por que ha días que no podemos salir al paseo, pero muy bien.

—Oye, ¿y eso que me han dicho que te han dado un premio?

—Si, los del ayuntamiento que todos los años dan un premio a alguien y este año me lo han dado a mí, Quitándose importancia.

Y yo, como siempre, seguí la conversación evitando el tema de María y su dura enfermedad, mi manía de evitar temas negativos cuando se que todos le preguntan por lo mismo.

Dos o tres veces descubrí a María, mirándome fijamente durante la comida, cuando cruzábamos la mirada, se la mantenía. Cualquier persona sana, hubiera evitado el cruce de miradas tan directo, María, no. No reaccionaba.

Le dije, —que guapa estas hoy María— pero no hubo ninguna respuesta, ni una mueca, ni una sonrisa… Nada. María no estaba allí.

Pensé, que ingrata es esta enfermedad, que a los que la acompañan, los enfermos no tienen la facultad de hacer el más mínimo gesto de gratitud. Me acordaba de mi padre y de Mi madre, cuando se lamentaban que mi abuela Teresa ni siquiera los reconocía cuando iban a verla.

Pero entonces me fije que a Rufino, no se le había escapado el piropo que le mande a María, y mi cara de desilusión por no obtener respuesta, y me dio una exhibición de cómo había que hacerlo…

—Ay mi chochete, que todo el mundo te ve guapa hoy, —mientras le llamaba la atención acariciándole la mejilla, levantando la voz y luciendo una grandiosa sonrisa…

Y si, Rufino si consiguió su premio, María, le regalo esa carita de niña, con esa sonrisa tan inexpresiva que ese día me pareció preciosa. Simplemente me encanto ver que ella si reaccionaba ante su marido.

Pasaron un par de meses, y mi mujer, Laura, un día me dijo que a Rufino, lo habían ingresado, por un problema de infección en la orina, nada grave, pero si tenía que estar ingresado hasta que dieran con el tema.

El domingo por la mañana, mi mujer me comento que mi cuñado Luis con su mujer y los hijos tenían que viajar por un tema deportivo de mi ahijado Mario en otra ciudad.

Pues nos fuimos a visitar y echar la mañana con Rufino al hospital.

Y allí estuvimos media mañana allí, charlando de todo un poco, Rufino estaba deseando que le dieran el alta para volver con su mujer.

Yo decidí salirme un rato a fumar un purito, y me fui al aparcamiento del hospital. Llego un coche, en el que venían 4 mujeres, María, su hija Ana, y las dos cuidadoras Dominicanas. Tire el puro, y me acerque a ellas, tras los saludos y las presentaciones, me ofrecí a llevar la silla de María, camino de visitar a su marido.

Durante el recorrido, María no reacciono ni ante mi saludo, ni durante todo el camino.

Pero fue entrar en la habitación del hospital donde estaba Rufino, cuando este, festejo por todo lo alto la visita sorpresa. Me pareció realmente bonito, ver a Rufino besar en la boca varias veces a su mujer, y decirle todo tipo de cosas bonitas, pero me encanto sobre todo, ver la cara de felicidad de María

Luna y Estibaliz, las dos cuidadoras de María, no salían de su asombro, mira que cara de felicidad se decían una a la otra, mientras que Ana, se le iban los ojos de felicidad de ver a su madre Sonreír así.

Rufino, con esa simpatía y sencillez, pregunto sobre como estaba, si daba guerra, y sobre todo, como estaba comiendo.

Estibaliz dijo

—La verdad es que regular Rufino, no está comiendo muy bien.

A lo que Rufino, dijo: — si es que no tenéis ni idea, sácame la comida de mi reina que veras que bien me come— y ni corto ni perezoso se puso a darle de comer…

—Veis que bien se lo come todo mi nena, mira, si es que no sabéis…

Esta vez fue Luna la que se defendió, —claro contigo come muy bien, mírala como te mira.

A lo que Rufino respondió, —El truco esta en decirle cosas mientras le das de comer.

Y Luna respondió, —más que hablo yo, no habla nadie, — muerta de risa, — yo nací hablando Rufino, pero esa carita que pone cuando te mira no nos la pone a nosotras, así se comería un camión de comida si tu se la das…— y los 6 nos partimos de risa.

Rufino le pregunto a su hija sobre cómo veía a su madre, y Ana le dijo que bien, que estaba comiendo poco paro que dentro de lo normal. Creo que Rufino no se lo termino de creer, pero hizo como si le valiera.

En el coche de vuelta, tenía unas ganas locas de llegar a comer, había quedado con mi madre y la mañana me había dado muchas ganas de verla. Laura, mi mujer, me comento que desde que Rufino estaba en el hospital, María había empeorado por días.

A la semana siguiente, llame a mi cuñado Luis, para preguntarle por su padre, y me informo que no sabían si el lunes o el martes ya le daban el alta, se le había cortado la fiebre y todo iba bien.

Pero un mes después, Laura, me llama y me dice que otra vez está ingresado Rufino. Y decidimos el domingo, irle a ver.

Rufino es un enfermo de los que dan gusto visitar, no te habla de lo que le duele, ni de lo que le molesta, te habla de la buena vista que tiene desde la habitación del hospital, de lo que ha mejorado todo allí, con una tele, flexo, etc., etc. —Eso sí, Robert, la comida es sosa, sosa, sosa, no tiene sabor, menos mal que mi nuera Rosana me trae de comer.—

Bromeamos sobre hacer espetos de Sardinas en la terraza del hospital y me conto los diferente "barrios "que había en el hospital y lo simpáticas que eran las enfermeras con él.

Pasamos un rato agradable, pero ahora que escribo sobre esto, me doy cuenta que ese día no he hablo de su salida del hospital, ni que estaba a falta de una prueba, solo me decía que le están haciendo pruebas para ver por qué no se le quitaba la fiebre.

Mi cuñado Luis apareció en la habitación, para acompañar a su padre por su paseo hospitalario.

—Nada cuñao, a ver si dan con el tema de la fiebre, parece que no hay infección, y cuando den con él, me lo llevo para la casa, que la comida de aquí no le gusta y se aburre sin mi madre.

Y allí les dejamos con el paseo. Para Laura y para mi, aquello era uno de esos achaques que les dan de vez en cuando a los mayores, la pena es que María le necesitaba en casa.

El martes siguiente, llame a Luis, para preguntarle si se sabía ya la fecha de salida del hospital de Rufino, pero esta vez mi cuñado estaba triste…

—Robert, parece que han dado ya con el medicamento de la infección…— un silencio y me dice casi llorando, —pero parece que tiene un tumor en el hígado.

—Bueno cuñao, hoy en día estas cosas ya no son lo que era, y si se pilla a tiempo, tiene solución…

—Ya, ya cuñao, te dejo que tengo que hablar con el médico, para el tema de la quimio, un beso.

—Un beso cuñao…

Como siempre, la fuente de información es mi mujer Laura, parece que el cáncer es en el hígado, es pequeño pero está en mal sitio para operar. Le van a dar medicamentos para que se fortalezca y empezaran pronto con la Quimio.

Al domingo siguiente, mi mujer está de viaje, y solo recibo un mensaje de ella.

“Rufino ha empeorado, llama a mi hermana Rosana por si te quedas con los niños”.

Ok…

“Los niños ya están con Felipe, no hay problema… “

LO INCREIBLE:

El lunes, recibo un mensaje de mi mujer, Rufino está muy mal. La llamo y quedamos en acercarnos al medio día, pero no esperábamos lo que nos encontramos. Rufino estaba en la cama, tapado con una sabana, dormido de lado y parecía un niño pequeño, mucho más menudo que hace dos semanas y conectado a una maquina horrible.

Mi cuñada Rosana, nos recibe en la habitación del hospital, con la cara demacrada de quien lleva días durmiendo poco.

Luis se acaba de ir a intentar descansar un poco, el sábado estaba normal pero ayer por la mañana cuando llego Luis, estaba fatal, no había dormido bien y estaba ya entubado con sedantes. Pero es que María también está mal, está en casa y el domingo se puso malísima, y la han sedado también…

Conjeturamos con lo que podría pasar, los pasos a dar, nos ofrecimos a ayudar y nos fuimos con la sensación de que era la última vez que veíamos a Rufino con vida.

El miércoles, estoy en el trabajo, y mantengo una conversación con un cliente - amigo, y veo en mi ordenador, en la ventana del Whatsapp Web, 4 o 5 mensajes seguidos de mi mujer. Decido no abrir los mensajes hasta terminar la conversación, y unos momentos después, más mensajes de Laura.

Termina la conversación telefónica y abrí el casillero de mi mujer. Veo en la pantalla:

"Sabino acaba de morir en el hospital,

Luego te llamo y quedamos para ir para allí…

¿Tú comes en casa?"

Y unos minutos después.

"Creo que María acaba de morir también.

Increíble, Que fuerte. "

Y lo que paso a continuación, lo relato en boca de mi cuñado Felipe que vivió lo que aconteció, y me conto más adelante.

Mi cuñado Felipe, por estas casualidades de la vida, estaba libre de trabajo estos días, y sabiendo que Luis estaba muy liado con el tema de sus padres, se paso por el negocio de Luis para echar un vistazo y una mano si se tercia.

Un cliente que conocía a mis cuñados, paso por el local y aviso a Felipe…

—Felipe, acabo de ver pasar corriendo a Ana, la hermana de tu cuñado, camino de la casa de sus padres, llorando.

Felipe, piensa, "mal asunto", y se dirige a casa de Rufino. Allí se encuentra con Ana, que le informa que Rufino, su padre, acaba de fallecer en el hospital.

En ese momento, Luna, la cuidadora de María, dice:

—Ana por favor, asómate a ver a tu madre que está haciendo unas cosas muy raras…

Los tres entran en la habitación de María, y esta buena mujer está abriendo y cerrando las manos y haciendo gestos con la boca, pese a estar sedada y llevar sin moverse muchos días.

—Mama que quieres, que te pasa…

Y Felipe, después de intentar comprender la situación, dice, Ana, creo que tu madre se quiere despedir…

2 minutos después falleció.

No soy una persona especialmente religiosa, pero esta es la interpretación que me gusta pensar sobre lo que sucedió.

Esta extraordinaria pareja, estaban a unos 30 kilómetros uno del otro, pero estaban juntos desde hacía más de 40 años, unidos por un amor realmente grande.

El plan de Rufino era que la enfermedad de María, tan dura y tan cruel, no fuera un problema para nadie, ni para sus hijos, ni para los nietos, ni para su propia esposa. Se propuso seguir haciéndola feliz, y lo consiguió.

Pero el destino en vez de darle el As de la bajara, le dio un 4.

Un tumor en el centro de su hígado hacia que esta historia tuviera que terminar, pero Rufino decidió, que si tenía que ser así, lo haría a su manera.

A las 12 de un tranquilo miércoles, el destino paraba la vida de Rufino, pero él no lo iba a hacer ese viaje sin su compañera de vida. Tardo el tiempo exacto de lo que hubiera tardado en su coche desde el hospital a su casa, para llegar a su mujer, y decirle al oído.

—Cariño, cuando tú quieras, yo ya estoy listo…

A lo que María contesto, —déjame un par de minutos que me despido de tu hija Ana que está aquí, y nos vamos.

—Ok, yo te espero aquí.

—Niño, ya estoy lista, Que guapo estas, ¿dónde vamos?

—Ya preguntaremos por el camino, no te preocupes. Vamos juntos…

Con todo mi cariño a Sofía, Inma, Gloria, Sergio y Javi.